A visão das plantas

Djaimilia Pereira de Almeida

A visão das plantas

todavia

Para o Humberto

"Ora, entre as pessoas que faziam comigo a travessia, quando a Aninhas do Jeremias me levava pela mão ao colégio, nunca mais esquecerei o capitão Bernardes, um do Carvalho que chegou a almirante, o tio Bento, o irascível capitão Sena, de quem se contava com terror que fora apanhado no mar alto por uma trovoada — as faíscas como chuva — levando os porões carregados de pólvora, o alegre capitão Serrabulho, casado com uma mulher fantasmática: homem prodigioso, com uma grande barriga sacudida de risadas: — Acaba-se aqui o mundo com uma ceia de peixe! — e que fez andar num corrupio até à morte a Foz do Douro e a Baía, e entre todos eles, principalmente, o capitão Celestino, que tendo começado a vida como pirata a acabou como um santo, cultivando com esmero um quintal de que ainda hoje me não lembro sem inveja. Falava pouco. Sorria sempre numa satisfação interior, completa, perfeita, com uma cara de páscoas rosada e inocente, enquadrada pela barba de passa-piolho toda branca. A sua vida anterior fora misteriosa e feroz. De uma vez com sacos de cal despejados no porão sufocara uma revolta de pretos, que ia buscar à costa de África para vender no Brasil. Outras coisas piores se diziam do capitão Celestino... Mas o que eu sei com exactidão a seu respeito é que para alporques de cravos não havia outro no mundo. Todo o dia um fio de água escorrendo por condutos invisíveis de que só ele sabia o segredo, caía pingue-que--pingue nos alegretes caiados de branco; todo o dia o velho corsário, com mãos delicadas de mulher, tratava embevecido as flores cultivadas como filhas. E acabou assim a vida mondando e podando, sem uma dúvida na consciência tranquila..."

Raul Brandão, *Os pescadores*

Noite abençoada. Acordou em casa, restaurado, após uma vida cheia. Mas a casa tinha mudado. Com as portadas trancadas, a mobília coberta com lençóis, a toalha manchada de vinho sobre a mesa, a arca da roupa fechada a um canto, os reposteiros de veludo negro, esgarçados pela traça, tudo era outro e, ainda, o mesmo. Na penumbra, o volume dos móveis insinuava fantasmas. O pó, tornado um ser, animava o espaço, iluminado pela claridade através das frestas das janelas. A penumbra quase falava: *respira, filho, chegaste.* Um vestígio de alfazema seca perfumava o mofo. Ou seria cera? Os ouvidos sempre tinham sido melhores do que o nariz. Nenhum ruído, salvo os passos, o tactear do corredor. A lareira negra na qual restara o abafador de cobre, a panela de ferro na cinza pisada: gente muda. A mobília não saudou o seu regresso. Não tinha mais ninguém na vida. Sobrava-lhe a casa de jantar, a pequena saleta, os dois quartitos húmidos, a cozinha de tecto escuro aberta para a despensa, os frascos, caixas de farinha de milho bichada, garrafas de aguardente e o quintal, tomado pelas silvas, as urtigas e os cardos.

Vista de fora, a casa convidava a imaginação a dançar. Nos passeios de choupos que a ladeavam, a fachada caiada há anos espiava a rua com discrição. Coberta de hera, como de barbas, confundia-se com o quintal que, apesar do abandono, teimava em apontar na direcção do Sol e namorava os muros. A humidade das plantas havia dado conta da areia das fundações, enchendo os tectos de bolor, comendo os rodapés, expondo as empenas dos telhados. Era a fome da Natureza que a comia aos poucos e o capitão, diante do seu fóssil, uma partícula dessa fome, que se estendia à rua e sublinhava a dimensão de sonho da arquitectura. Os telhados e os beirais haviam sido transformados pelo destino dos seus habitantes à medida que estes tinham partido e morrido. O mar, chegado da praia, mudara a casa, secando as vigas, nas quais agora, como na casca de um barco, o caruncho rejubilava, assim que a temperatura subia. Tornara-se aos poucos em coisa e fora perdendo o que a vontade humana nela tinha imprimido. Fora lambida pelo vento, como a costa, o areal e as florestas. A maresia havia curtido a sua pele e a dos seus donos. Não era mais uma pessoa, à imagem de quem a construíra, mas um volume de pedra, cal e madeira.

As sebes escondiam a porta e os olhos fechados que eram as janelas.

Abriu as portadas e o ar entrou nela como um esconjuro. Os lençóis sobre os móveis esvoaçaram e o capitão teve medo de que a alma da casa saísse pela janela e se perdesse na rua. Fechou-as de novo e, em silêncio, respirou o pó.

Os mortos da casa deram-lhe licença para despertar. Da rua, entrava o perfume dos cardos ao Sol, pressentia a seiva chegando à flor, leitosa e adstringente. O cheiro a terra aliviava o cotão. Uma lareira acesa na colina, madeira seca cerzida com ovos de aranha, ferrugem embebida em água, bolor, bedum, goma de laca. As notas iam e vinham ao sabor da brisa da porta entreaberta enquanto, de olhos fechados, o capitão espantava a sonolência. Que havia de fazer aos seus dias, agora que estava perto do fim? A casa materna não viajara, embora as suas paredes estivessem tisnadas, como a pele do capitão. Não havia matado ninguém, apesar de ostentar cicatrizes, de conter dores mudas. Contava só com as tatuagens do tempo, com os ninhos das andorinhas, que tinham borrado os beirais dos telhados como se borra uma alma.

Os ovos de joaninha que agora eclodiam nos parapeitos das janelas, chocados pelo calor nos vidros foscos, nada lembravam das larvas dentro de olhos, das viagens. A casa e o herdeiro estavam velhos. Não sendo gente, era a companhia que ele não tratara de merecer, um jazigo para o seu coração.

Livrou-se da mobília carunchosa. Um mês depois da sua chegada, só sobravam duas cadeiras, o camiseiro, os quadros dos antepassados e a mesa, perto da lareira, à qual fazia as refeições e escrevinhava. As suas botas faziam ranger o soalho ressequido. Não o inquietava ouvir os próprios passos. A solidão era música para os seus ouvidos.

Obstinado, abriu as arcas da roupa das mulheres. Cavou uma vala e deitou nela os vestidos, as combinações, as toalhas, os lençóis, as colchas, as mantas, os travesseiros, os cueiros, as meias, os aventais, as luvas, os xailes e as toucas. Ateou-lhes fogo. Não houve nisso dramatismo algum. Viu crepitarem nas chamas as rendas de bilros derretidas e as bainhas e galões dos tecidos encardidos. Ardendo, a história dos lavores diluía-se na cacimba. Os bordados acendiam o silvado e soltavam faíscas, num adeus para sempre sem direito a palmas.

Nem deitar-se todas as noites no colchão de palha fino da cama de ferro branco na qual a sua mãe havia morrido sem notícias suas, nem a saudade dela, que não sentia, o tinham perturbado, nem sequer nos primeiros meses. Não se deixava levar pelo chamariz do céu estrelado sobre a casa quando saía para fumar antes de regressar aos seus aposentos. As conversas na proa eram agora uma troca de assobios com os grilos e o ritmo do bicar de um cuco no tronco do pinheiro. Contava com a monotonia saborosa dos seus hábitos de capitão velho, retornado à casa de família desagravado para morrer em descanso.

***

Era preciso tão pouco, companhia nenhuma. Descobriu a razão dos seus dias no quintal virado do avesso, abandonado pelo caseiro, também ele morto. Se ia a caminho de cegar, antes morrer consolado entre as plantas, rodeado de tons e aromas. Recuperou a enxada e o ancinho da casinha dos arrumos. As ervas daninhas, como é próprio das plantas, tinham invadido o terreno. Nem mesmo os jarros que, como uma armada pernalta, despontavam, sadios, entre as atabuas penduradas no feijão-verde nascido ao acaso — num encavalgamento aleatório dos encantos da Primavera com as sobras do Outono e os despojos do Verão — e o bambu espreitando entre as pernadas do azevinho, cuja folhagem geométrica, emaranhada na hera, estrangulava o vetusto carvalho de tronco enquistado, nem os seus elmos brancos e estiletes interrogativos escondiam que, suplicando por ordem, a missão do jardim desgovernado era penetrar nas frinchas das portas, apodrecer a água do poço com fungos venenosos, apoderar-se da mobília, entrar nas gavetas, alastrar os ramos até aos olhos dos quadros dos velhos e levar a memória do que fora a vida humana que um dia ali tinha habitado.

As plantas confusas não o levavam do quintal a mar alto. Tinha os pés assentes no mesmo agora que o havia mantido vivo nessas paragens. Não tinha a força de outrora, mas sobrava-lhe tanto tempo nas mãos calejadas. Saía para a monda pelas seis da manhã, quando o Sol nascia, depois de uma xícara de chá bem escuro. Mondava até serem onze. Passava pelas brasas. Comia um naco de pão com uma rodela de chouriça. Quando não dormia de novo ou não ia até à vila, ou ao porto para o primeiro vento da tarde, mondava a tarde inteira, amontoando os cardos, as silvas, as folhas secas, arrancando da terra às mãos-cheias as raízes das pragas infatigáveis. Tirava água do poço. Embebia o solo arenoso, revolvia-o com as mãos, dava-lhe água e tempo.

***

Mondava o seu caminho até à morte para se distrair de que as correntes, os céus, as plantas nos engolem a cada dia. Entranhas, sangue, cuspo, lágrimas, o primeiro choro, o último soluço, nada lhe era estranho. Ajardinar os mares adiava o avanço que o queria tragar como os tubarões nos engolem. Queimara cabanas, cortara cabeças, espalhara a notícia. E o mundo, nada. As coisas, coisa nenhuma. As palmas das palmeiras rebentavam dos troncos, os cedros guardavam os ninhos dos beija-flores, os morcegos nas suas voltas e voltas caíam, diante dele, como testamentos queimados. Alma nenhuma podia interromper o curso das águas, estancar a corrente.

Mas algumas vieram para destruir. Temia enlouquecer do correr das horas, da cadência das ondas, a ampulheta no fundo de tudo era o seu antagonismo. As folhas novas a seguir às folhas secas, o fio novo na teia de aranha por onde passámos ontem, as gotas de chuva que agora cobrem as espigas dos pinheiros, mas amanhã já secaram, provas de que Deus não dorme. Queria parar o relógio porque participava nele, daí saber do segredo: que a Natureza conspira para nos adormecer, que no fim do mundo não há gente, só troncos doentes pelo chão, as mãos dos peixes, um caldo de nenúfares e baratas, ervas, esqueletos de ratos, fungos, cobras que comem espinhas, um caudal de domingos.

A mesmidão ao leme colava-se aos músculos até os olhos serem anulados pelo sonho. Era quando Celestino deixava de ser gente. O seu perfil esbatia-se nas gotículas soltadas pela espuma, a barba levada pelo vento, a pele polida como o interior de uma lapa. O espírito do mar atordoava-o, drogado do iodo e da ventania. O mar envernizara-o como ele às carrancas do navio. As ondas empinando a proa vergavam-no à degradação. Tudo o mesmo a todas as horas. O Sol, a Lua, o vento nas velas, que o danava, os dias desdobrados uns nos outros, caras, trapos, rapé, dedos.

O Atlântico queria picar os miolos do capitão. Celestino queria parar o relógio. O porão que importava estava na sua cabeça, o craveiro e os cravos sentados nele, o seu halo de calor nauseabundo. Trazia o crânio pejado deles, uns sobre os outros. Até as estrelas sobre as águas o desafiavam na sua pontualidade. Deus traz os resistentes à solta, prontos a rasteirar os felizes, no fundo do beco, para se desforrar do tédio. Apesar das cambalhotas, a sua fona alegre até à morte é enfadonha. Talvez não tenha mão na sua tropa de jardineiros. Do alto, assiste ao seu número, sentado ao lado do diabo. Vão como formigas perdidas do formigueiro, de ancinhos na mão, empurrados pela fome, pela sede, pela luxúria, espumando da boca.

A rega e o zelo geraram uma infinidade de seres que desco-
bria nos dedos ao mexer na terra: minhocas, besouros verdes,
bichos-de-conta. A vida regressava. Celestino plantou roseiras,
cravos, uma cameleira, uma glicínia, uma ameixoeira, toma-
te, nabos e cebolos. No adubo usava sargaço, galhos e folhas,
cascas de fruta. Construiu uma fileira de vasos para as ervas
de cheiro. Podou um buxo com a forma de um barco rabelo.
Plantou dois abetos. Caiou os alegretes. Germinava raízes ao
Sol, num berçário improvisado sobre uma tábua que fora uma
porta. Quando não ia à vila ou ao Porto comprar sementes, os
vizinhos ofereciam-lhe pernadas disto e daquilo, ou apanhava
plantas nos caminhos e transplantava-as. Chegou a ter mais
de vinte cactos, aos quais contava o número de espinhos. Fez
um caminho de seixos na margem do ribeiro e uma caveira
de conchas no bambuzal, que espalhava cor e vida, crescendo
de um estalo, da noite para o dia, cinco ou seis dedos de altura.

Padre Alfredo visitou-o pela primeira vez naquela semana.
O capitão estava tão desacostumado de ter visitas que, ao ouvir
tocar o sino, não foi logo ao portão. "Senhor padre, bons-dias,
o que o traz por cá? Estava a fazer uma sesta, entre, entre" — e
dirigiu-o ao quintal. "Então é aqui que passa os seus dias o bra-
vo capitão Celestino. Que esplendoroso roseiral", e abeirou-se
da roseira. As rosas pareciam envernizadas, tão túrgidas que
cantavam. Na verdade, viera ver o que havia atrás das sebes.
As flores calaram-no. O perfume, intensificado pela luz do Sol

que, àquela hora, estava a pique, abafou o sermão que trazia preparado. Celestino foi amistoso. "Plantou caril, capitão? Anda por aqui um perfume intenso." Misturados uns aos outros, picados pela luz, os aromas dos frutos e das flores adquiriam um odor inebriante, com várias notas confusas, cítricas, mas também fundas, amadeiradas e apimentadas. O jardim em volta, com o seu canteiro de cravos e sardinheiras vermelhas, as ervilhas-de-cheiro rosa-vivo, a ameixoeira cuidadosamente podada, cada folha desenhada por um pintor apaixonado e por ele lacada, os condutos do sistema de rega inventado pelo jardineiro, os atilhos coloridos que prendiam os ramos mais altos das rosinhas cor de chá às paredes da casa, a paz do quintal, o amor posto em tudo, dissonante da figura sorumbática que tinha à sua frente e que, acabara de dar conta, não se calava, assim que se aflorou o pretexto dos cuidados de jardinagem que preservavam o quintal na perfeição em que estava.

Celestino falava sozinho enquanto o padre tirava as suas conclusões. Explicou-lhe terem segredo os alporques dos cravos, "há-de morrer comigo, ninguém quer saber disto". Gesticulava como há muito ansiasse ter com quem conversar e, ao mesmo tempo, como se o padre tivesse tocado o único tema que lhe importava. Falava dos cravos, dos vasos, dos cactos, do gladíolo (não o plantara) que fizera a surpresa de despontar junto ao alecrim, como se lhe falasse dos amores da sua vida. O capitão pareceu ao padre, que não ia para novo, tão velho, assim, à luz do início da tarde. As maçãs do rosto cortadas por dois veios paralelos ao nariz pontiagudo, o olho miúdo, muito claro, quase fechado, as sobrancelhas fartas, a barba comprida de muitos anos, branca e muito asseada e penteada. O padre viera com intenção de apurar as condições em que vivia. Queria levá-lo à igreja a confessar-se. "Sabe, importa-me que não lhe falte nada. Ainda recordo a santa senhora sua mãe, Deus a guarde. Que seja pelo sossego da sua alma."

***

Nas manhãs nubladas, gostava de sair para ver o movimento. O seu vulto de sobretudo cinzento e chapéu alto de feltro passeava pela vila mudada e chamava a atenção dos mesmos que o haviam visto partir. A barba comprida, o rosto fechado, de poucos amigos, a pala de couro negro inspiravam aos habitantes aventuras misteriosas. O rumor dos vestidos arrastando-se nas ruas azedava-lhe o humor. Apenas aos meninos e às meninas, que o olhavam de baixo, entre as saias compridas e, de vez em quando, lhe punham a língua de fora, lançava sorrisos. Tinha pelas crianças a simpatia de um admirador de obras perfeitas. Sentia-as perenes e vivas, levadas pelas moças que, ainda novas, já usavam à cabeça o lenço do ressentimento, da dor e da crendice. *Cortou a cabeça a um anão. Rachou uma mulher ao meio. Foi lá para o Congo que pegou fogo a um elefante. Não, foi em Salvador, e parece que era um bisonte. Guarda caveiras nas arcas da roupa e encanta serpentes à luz da Lua.* As mulheres benziam-se, punham as mãos à frente da boca para esconderem os dentes. Os homens soltavam gargalhadas e mandavam vir outra rodada. Os olhos das crianças brilhavam, de curiosidade e medo, imaginando o que haveria atrás da pala.

No recreio do colégio, as crianças tapavam o olho e recriavam as aventuras do capitão misterioso. À noite, pediam às mães que lhes contassem como tinha sido a sua vida. *Chegou quando? Por onde andou? Quantos matou? Quem o cegou?* As mães contaram aos pais que Celestino tinha voltado à terra. Havia que afastá-lo dos pequenos. Cedo, a casa do capitão adquiriu contornos de morada assombrada. As sebes sobre o muro eram verdes e densas, mas os espaços entre as folhas, dos quais se vislumbrava a sua sombra a caminhar no jardim e se ouvia a enxada a cavar a terra, soavam, a quem passava na rua, a trabalhos sinistros. Os vilões mudavam de passeio, desejosos de espreitarem através das folhas. Os meninos viam o figurão barbudo, pá às costas, tronco tatuado. Ao princípio, nem os cães se atreviam por aquelas bandas e, quando se atreveram, foram corridos à paulada pelo dono da casa. Pressentindo olhares atrás das sebes, Celestino espantava a vizinhança com urros e prometia-lhes a morte.

Pensando numa solução para dissuadir os curiosos, construiu um espantalho com os reposteiros esgarçados da sala e colocou-o na horta. O espantalho abanava o manto ao vento. Avistando-o, o caseiro vizinho disse à mulher que vira um fantasma no campo. A mulher julgou que o marido mentia e foi ver por ela. Essa noite não dormiu, com medo de que a morte lhes entrasse na cama. Deixaram de lhe falar e, de manhã, ela pôs-se a caminho da confissão. "O capitão Celestino vendeu a alma ao diabo", contou, aflita, ao padre Alfredo, "até lhe ergueu um altar no quintal. À noite, pinta a cara de sangue e anda de capa a falar na língua dos pretos." O padre sossegou-a, "reze cinco ave-marias e acenda uma vela". Mas o mal estava feito.

Na lota, na feira, à entrada dos cafés, no passeio, o espantalho de veludo tornou-se padroeiro da intriga. *Fala com os espíritos e matou mais de um milhar de pretos. De noite, dança com o diabo.*

Espreitando entre as sebes, as três crianças encavalitaram-se para espreitarem a casa do demo. Do capitão, nem sinal. O quintal florido estava calmo. Se ali vivia o diabo, era bom jardineiro. Com as botas nas mãos dadas de Raul, Pedro galgou o muro, com esforço. "Consegues vê-lo? E *como* é?", perguntou Luzia, impaciente. Mas, em cima do muro, deixado por um diabrete adivinho, só viu um pires com três cubos de marmelada e três fatias de queijo curado.

As marés pareciam ao capitão mais certas do que a vida em terra, menos permeáveis à passagem do tempo e à decrepitude que transformara as casas do burgo da sua infância, cujas frontarias lhe pareciam agora mais estreitas, enviesadas, abauladas, manchadas. Nem o nevoeiro lhe chegava auspicioso, ao passear pelo cais, mas chão que deu uvas. Para fugir à náusea, entrou na igreja e sentou-se no banco a admirar o altar.

Padre Alfredo conhecia os passos das suas botas e também se intimidava. Celestino não tinha joelhos para se ajoelhar, muito menos vontade de o fazer. Gostava de se sentar como se alguma coisa o acalmasse e prendesse.

O cónego espreitou-o da sacristia, o olhar no vazio, as mãos duras, dadas sobre os joelhos. "Talvez se queira confessar." "Diz que cortou a língua a seis meninos, contou-me a minha tia Aurora. Parece que bebe sangue e vendeu a alma ao diabo, a mãe também não era boa", bichanou o sacristão. Circunspecto como entrara, o capitão saiu.

E todas as conversas se calavam quando, passando por eles, levantava o chapéu às senhoras com uma insolência amistosa.

"Capitão Celestino, regressou há muito?", perguntou-lhe o padre num dia em que o apanhou de novo na igreja. "Vai para um ano." "Se alguma coisa o agasta, saiba que os ouvidos desta casa são seus." Celestino manteve-se impávido, como se não o tivesse entendido. O retesar medroso dos seus lábios quase o enterneceu. Sorriu-lhe, revelando a dentadura cariada, cofiou a barba e, "antes que anoiteça", desapareceu.

A conversa não acordou o capitão que, após dissertar sobre o regadio, versava o estudo que andava a fazer às pétalas. Talvez não gostasse de pessoas, nem sentisse saudades. Aquele não era um lugar assombrado. O homem previdente que ali vivia só plantava as flores do seu sepulcro. Sozinho com ele, padre Alfredo não se atreveu no passado do pirata. Tinha diante de si um jardineiro. As mãos, que outrora haviam de ter cheirado a rum e a sangue, cheiravam agora a coalho e a terra cultivada. Celestino estava um pouco baralhado, trocava os nomes, falava das ameixas e, pelo meio, enxertava a ideia de arranjar ananases, começava nos alporques e metia pela colheita do nabo. O diabo não morava ali. E, se morasse, a morte levaria a melhor, mais depressa do que Alfredo tinha imaginado. Mal se despediram, ainda que Celestino tenha levado o padre ao portão. A loucura é o mais santo dos remédios. Ao contrário do que se dizia na vila e lhe assegurava a língua-de-trapos do sacristão, a casa não fora ocupada por um facínora, mas por um homem atrapalhado com os preparativos do seu enterro.

"Vinde a mim, meninos, não tenhais medo. Que quereis que vos conte? Nasci aqui. A mãe e as tias bordavam com os dedos miúdos, cheios de sono. Meu pai nunca o vi. Morreu no mar. Valente capitão Nuno tinha um grande nariz silencioso. À noite, deitado na cama, pensava nele e gemia de medo. Ouvia-o caminhar pela casa. Via cabeçudos encobertos. Pensava que eram eles no meu quarto, a soprar as cortinas ao vento. Lá fora, ouviam-se as ondas, que subiam o monte, vindas da praia. Eu tapava a cabeça. Costumava sonhar-me homem, senhor desta casa grande. O corredor escuro, o quarto do canto, onde eu dormia. Os dois quartitos interiores, a casa de jantar e a cozinha, faria disso o meu reino. Mandaria embora o caseiro, o velho Amadeu das latadas, a coxear a bebedeira. Comeria o que quisesse, quando me apetecesse. Queimaria numa fogueira as roupas das mulheres.

"Quereis mais amoras?" A sombra abatera-se sobre o quintal. O vento arrastava folhas secas pelos ladrilhos. As rosas retiraram-se para dormirem. As margaridas apanharam os cabelos ao alto. De que lhe valia a plateia, se tudo inventava? Os olhinhos dos pequenos a suplicarem pela faca, a curiosidade como uma erva daninha a entranhar-se nos músculos. Antes valia um mergulho para acordar de vez da bebedeira.

"Em verdade vos digo, fui-me desta casa para andar ao mar. Minha mãe deu-me a casaca de meu pai e este cordão de ouro. Vede. Metemos dali até à África em menos de um sonho.

A juventude não dá conta do tempo. Tinha as ideias em fogo. Quando chegámos, a noite fazia cócegas. Meti pela praia entre a bruma, e dali pela selva. Ao cabo de uma noite, avistei uma aldeia. Sozinho no mato, sentia-me acompanhado. O orvalho nas palmas falava-me na língua das coisas felizes. Findos dez dias, apareceu um preto montado numa burra. Ofereci-lhe uma moeda a troco de uma galinha. O rapaz voltou dali a duas horas e trouxe também uma cabaça de água doce. Fi-lo provar da água, não fosse envenenar-me. Pensei matá-lo. Mas estava derreado da espera.

"Foi quando me apanhou a febre. Andei aos círculos até cair na praia sem forças. E então apareceram os holandeses. Viajavam com a sobrinha dum deles. Falavam do grande crocodilo, que haviam de encontrar e nos guiou todo o caminho pela floresta negra. Eu ardia em febre, ouvia-os no sono. A mocinha dava-me de comer. Cantava-me cantigas de embalar, lavava a minha testa, dava-me à boca papas de milho. Lavava-me o cabelo com água doce, penteava-me com os dedos magros. Uma noite, apanhei-os a dormir e cortei-lhes a garganta. Atei as mãos à miúda. Vendei-lhe os olhos. Deixei-a sozinha no mato, presa a um tronco. Não vos enganeis, meninos, nasci sem medo a nada e assim me fiz homem. Diabos levem a miúda. Ora provai esta.

"Vinde a mim, meninos, a mim que degolei gargantas e durmo o sono dos justos. Quereis saber o que matei? Matei macacos e cavalos. Serpentes, vespas, um elefante. Um crocodilo do tamanho de uma jangada: cortei-o em cinco partes, enquanto me ri da fortuna que o colosso me renderia. Matei dez mulheres, a uma delas cortei os pés. Matei um corvo, para o comer. Raposas, ratazanas. Matei centenas de homens com as minhas mãos e elas não me caíram. Matei os sonhos de um milhar de outros. Queimei cabanas. Um dia, mordi o pescoço dum homem até lhe arrancar as veias para fora. Espetei uma lança no peito de um amigo. Roubei dinheiro. Rebentei o crânio de um albino contra uma rocha. E a seguir esquartejei-o. À hora de adormecer, a mão de minha mãe entrava por mim dentro com a xícara de leite morno, muito doce, e levava-me na mão do sono."

A voz cavernosa ecoava como uma canção engasgada. Levados pela melodia, os ouvidos imaginavam cores. Era mais doce do que o pires de miudezas da imaginação — gargantas cortadas, cotos, cabelos, o Levante remoto e pardacento, bandeiras hasteadas, o ribombar das ondas. Os ouvintes gulosos lambiam as grainhas das amoras dos dentes, chorando por mais, chupando os dedos, mais morte, mais sangue, anestesiados pelo doce-amargo da cantilena suspirada pelo capitão à manivela.

"Vale a vida inteira ver o jardim espreguiçar-se. O Sol espreita, vou sem sono nenhum dar-lhes os bons-dias, coo o café, canto-lhes uma oração da manhã, dizemos bom dia todos juntos e deito-me a elas, de joelhos, aparo as que morreram durante a noite, que algumas vão-se no escuro, nem dou por elas, quase me apetece um dedal para tocar-lhes, que a sua alegria viçosa queima-me os dedos, a minha barba a cheirar ainda a noite, as remelas que me escaparam, flores da minha vida, cravos, teimosos, sempre enfronhados, olhos inchados, os cravos fazem muita ronha, mas não lhes quero mal, antes quero salpicar-lhes água em cima, antes água que cal nas carapinhas de luz, cravos da minha vida, são os que mais profundamente dormem, quase ressonam, mas de noite ninguém tem culpa e o ressonar deles leva-me daqui, quase me adormece, se durmo morro, não durmo nunca, uma gota de água na cabeça de cada um, antes água que cal, que os amansa.

"Não há como o sono do meu craveiro, cheirar o cheiro a fantasia que deitam enquanto sonham. Vejo-as dormir e levantarem-se, todas tão minhas, todas tão caladas, haviam de me querer fugir, que as arrancava logo da terra com esta mão, flores minhas tão minhas, logo o dia sobe e de joelhos me apronto para o cuidado delas a sonhar que dormem de novo, que a noite venha depressa para as ter a dormir. Tiro as pétalas velhas fora, que tudo o que é de mais envenena, salpico-as com estes dedos velhos, caso-as umas com as outras. De noite, guardo-as sentado. De dia, vou até ao passeio, perguntam-me pelos meus cravos. O seu jardim, capitão, o seu craveiro? Queriam-mo levar, bem sei, unhas de presunto, mãos linguarudas do homem da drogaria, se me tocasse nos cravos rachava-o ao meio, mas digo que sim, encho-lhes a boca de pétalas, frases bonitas que os calam até à garganta, sei que ali não me querem, também não os quero, antes quero os meus cravos ao vento, faladores, falam todo o dia uns com os outros, como a bicheza fala metida nos nós da madeira, contam histórias uns aos outros que só eu ouço, grandes tristezas, bagatelas, e depois cansam-se, doem-lhes as costas, é quando eu os ajudo, lhes acomodo a cama, digo que vai alta a tarde, que está quase aí a nossa noite, queridos cravos, falam como matracas e caem como meninos, por isso os quero tanto, são mais afoitos que as crianças, cansam-se, os cravos do capitão Celestino, bem-aventurados, só querem é rir e comer e beijar borboletas."

As crianças ficavam enjoadas de amoras. Mas o vento agitava a serapilheira que cobria o alpendre, as sardinheiras sorriam na brisa, a rua dos choupos esvaziada e só as palavras do capitão, como um feitiço: "A mim que de... son... ju... vin... de... cavalo... re... ben... tei...".

Atrás da cerca, a vizinha ouvia e engasgava-se em ave-marias. "Que quer o porco aos pequenos? Vai que o homem mata as crianças", dizia ela ao marido na cama. Ele virava-se para o lado, ria às gargalhadas e roçava as unhas nos joelhos dela. Ela sabia o que ouvira, "macacos... valas... corvos". As vigas do telhado acendiam no escuro à passagem de uma estrela-cadente. As molas da cama rangiam. Nem com vinte ave-marias o sono vinha. Os choupos no choupal despertando para o baile. A encosta acendia-se à luz da Lua. Ela ali, sozinha no escuro, a transpirar perguntas.

Depois da conversa breve com padre Alfredo, os rumores sobre o velho pirata ganharam vida própria. Durante dois anos, ninguém se aproximou do portão. As crianças saídas do colégio espreitavam os suspensórios de enxada às costas. Seria aquele o diabo? Era forte e espadaúdo, mas tinha tantas flores e tanta paciência para elas. O vulto tocou nas rosas, admirou-as, palpando as pétalas com os dedos. Depois, sentou-se ao Sol na cadeira e recostou-se. Para pirata, era chato. Se calhar, disfarçava. Quem dera a Raul ter um roseiral bonito como aquele. Celestino deixou de querer saber se o espreitavam, se não lhe falavam. O espantalho fizera o seu trabalho.

As mães passaram a pôr as mãos à frente dos olhos dos meninos quando se cruzavam com ele na rua. "Se não comes a sopa, levo-te para a casa do capitão, que te há-de cortar às postas como se fosses uma garoupa", diziam as avós aos netos. Na casa onde comprava as sementes, vendiam-nas de má vontade. *Anda a construir um altar a Judas Escariotes, cruzes, credo, o diabo o carregue.* Se ele não fosse tão discreto, tratariam de o correr da terra ou juntar-se-iam ao portão com archotes acesos, obrigando-o a abandonar o burgo, numa madrugada fria.

Com o tempo, chegando do mar novos barcos e novas gentes, os rumores foram-se diluindo nas novidades. Pouco falava e estava velho. Caminhava a custo. Ia para cego e não se metia com ninguém. Aquela era terra de homens do mar cujas histórias terríveis circulavam pelo tempo até que, como o nevoeiro cerrado que vinha da praia pela manhã, se confundiam com a matéria de que eram feitas as casas, os quartos, as vestes, as pessoas, o sono.

Novos e velhos só sentiam uma curiosidade que era quase luxúria, ao sentirem o cheiro doce, a rosas frescas e jasmim, que se soltava nos dias de Primavera a quem passava da rua, vindo do quintal do pirata.

Quando a tarde caía, o capitão ia espreitar o muro para ver se as guloseimas tinham chegado ao destinatário. Dava sempre com o pires vazio.

Sangue, luz. Um ratinho. Um rectângulo de buxos com as camélias no centro. Osso de choco — caroço de manga.

Coisas que eu vi no mar.

Sangue e luz esta noite. Ratinhos na algibeira. Caiu um melro debaixo do abeto.

—

Um caixão do tamanho da minha vida. As beatas carpem e eu arroto.

—

Hoje foi só uma ratazana gorda. Diz o barbeiro que amanhã cai uma carga d'água. Nunca mais vi o Manel.

—

Cheguei de Leiria ontem. Cansado como um cavalo. Trouxe uma tulipa. Chorões pelo caminho.

—

Ontem despejei tudo quanto era gaveta. Sonho de menino. Soluços. Sangue e luz esta noite. Terceira vez esta semana.

Os cravos estão vivinhos da silva. A vizinha trouxe bolo inglês encharcado.

—

Noite no ribeiro. Trazer da Casa de Sementes Noval (Espinho): feijão de debulhar e milho roxo.

—

Antes queria arrancar-lhe os olhos. Dia aziago. Perdi duas dálias. Agora seco as rosas no guarda-fatos com as cabecitas para baixo.

—

Encontrei uma espinha na vinha. Chá com o padre Alfredo. Garganta leprosa.

Nas traseiras da casa, o poço e a vinha esquecida. Os braços de Celestino não davam para mais. Tinha havido planos de salgar o terreno. Quisera chamar o Manuel e depois o Bentes, um brasileiro conhecido do padre. A pedra estava descarnada: a pele ainda húmida e as gengivas expostas aos vermes. Cabelos não havia, salvo os pêlos de aranha da videira que fora verde e limão e dera sombra à mesa debaixo do alpendre, agora em risco de desabar. As uvas secavam nos ramos e escorriam uma calda de açúcar que o dono da casa deixava às formigas, às moscas e às abelhas. Nem o forno, quando nele cozia a broa ou uma peça de carne, nem o fumo que subia ao céu saído da chaminé, soltando calor e uma promessa de quietude, disfarçavam que, de frente, a casa velha tinha rosinhas atrás das orelhas, de costas, era melaço e varejeiras. Ou talvez nada disso, mas um molar que esconde a sua necrose com um esmalte reluzente.

—

Luz e sangue. Rota da Índia. O Amaro gritou: Alto! Abra-se-lhe o peito. Duas mãos-cheias de areia e ela nem gemeu.

—

Não posso com o cheiro a mar. A velha que ali anda a vender cavala diz que a consola. O jornal dizia que a neve chega ao Porto este mês. Dois porcos no Toscano. Dos ratinhos, nada.

—

Se eu comer os ratinhos — poço.

—

O padre. A igreja tresanda a incenso e a bafio. Antes o porão nos meus tempos. 1833. Bombordo. Trazer cebolos. Perdi a guerra contra o cardo. Um canhão de pólvora na boca do padre. Caiu-me um dente junto ao abeto. Perdi-lhes a conta.

A aragem brotou da serra e acordou o carvalhal. Antes de tocar as folhas, a sombra das árvores desenhada no escuro, negra sobre negro, coberta de sono, pareceu a Celestino formar um cerco. Mas o vento ascendeu, invisível ainda e logo tomando o vale, como se brotasse da terra. Soprando, troncos acima, as copas tremeram na noite, com cócegas. O seu abanar descansou-o e transmitiu-lhe um fio de nervos.

A cadência do sopro, o seu ir e vir, afastando-se e regressando, assombrava o descanso.

O seu coração acelerou e parou de andar. Os carvalhos, despertos pelo sopro, diziam alguma coisa. O vento chegou primeiro a um ou dois ramos da fileira dos choupos e transmitiu aos outros um frémito fresco. Lembrava o som das águas na praia. O ritmo era o de uma maré. A sua tomada, um tumulto. O seu recuo, um alívio seguido de um arrepio.

O capitão costumava sentar-se no chão a ver as árvores a balançarem ao vento. "Onde é que ele se meteu?", pensava a vizinha, que deixava de conseguir vê-lo da janela do quarto. Até que, se se concentrasse, o seu coração encontrava a maré e, coração e folhas, acertavam os passos.

Veio o vento e o coração de Celestino encheu-se de sangue. As folhas arrepiaram-se e o coração deitou o sangue fora.

O presente invadiu-o. Olhou a escuridão. A partir da terra, revelou-se à noite e ao mar como tendo chegado ao seu destino.

33

Se o vento o queria vir buscar, sentia-se pronto para lhe fazer frente. Se fora malvadez plantar a morte, era tarde. Descobrira uma casa e não estava pronto para abrir mão dela. Esperou que o vento nas folhas respondesse ao seu ultimato. A maré veio e foi, de ouvidos moucos. As folhas agitaram-se no escuro. O tremor subiu dos troncos, apoderando-se das copas e, de novo, na mesma cadência, as abandonou.

Celestino sabia que a Natureza não se condói, via agora que ela não aprende. Mas a noção da sua teimosia perfeita pareceu-lhe assentimento. Era livre de morrer, de amar e de ser amado pelas flores. O Sol, as folhas, as ameixas, os abetos também eram seus. Também eram ele.

As plantas viam o jardineiro como as plantas vêem. Não se sentiam agradecidas. Tratavam o seu regador à semelhança da chuva que caía sobre elas nas noites de Outono. Florescerem não era o seu meio de meterem conversa com o jardineiro, mas uma forma de acentuarem a sua indiferença à declaração de amor que ele cultivava a cada hora. Tanto lhes fazia serem cuidadas por um assassino, se eram sujas as mãos que as amparavam ou o que viera antes do amor que ele lhes dedicava.

Seguiam-no com o seu olhar sem julgamento, alheias a que, todas as manhãs, Celestino acordava por elas. Vigiavam os seus passos, pressentiam a sua presença, alegravam-se de o ver, conheciam as suas rotinas. Sem que por um instante lhe sentissem a falta, ou se afligissem com as suas ausências ocasionais.

Por maiores que fossem os cuidados do jardineiro, às plantas tanto lhes fazia viver ou morrer. Tanto lhes dava que ele se finasse no sono ou voltasse ao quintal todos os dias. Tanto lhes dava que tivesse encontrado nelas uma razão de viver ou as amasse.

Se lhes faltasse a rega, murchariam. Não seria por mal, não o levavam a mal. Nada esperavam dele.

Se em vez das mãos de Celestino viessem outras em seu auxílio, decerto notariam, mas não porque se tivessem afeiçoado aos dedos do capitão ou porque entre homem e jardim se tivesse estabelecido uma amizade. Estavam habituadas a ele como o chapéu se habitua à cabeça do homem e um dia é jogado fora ou esquecido, embora conserve a forma do crânio do seu dono tal como o quintal de Celestino revelava qualquer coisa do desenho dos seus sonhos que, fosse ele homem para tais sentimentos, o embaraçaria.

As plantas não estavam cientes da homologia. Desconheciam a sua forma e a ciência que as governava. Bebiam, existiam. Tinham até meio de se governarem sozinhas e de se manterem num compromisso com a terra, a chuva e o vento, mesmo que perdendo a integridade que o corsário lhes dera. Morresse o homem e, alforriadas, iniciariam a sua tomada da casa. As rosas presas ao muro, tornadas garras, subiriam até às janelas mais altas à procura de uma fresta nos caixilhos. A glicínia, sem a poda frequente, galgaria o muro e derramar-se-ia na rua numa colcha lilás. Os cravos casariam com as sardinheiras, as camélias casariam com os pulgões, os tomates casariam com os besouros, as ameixas nasceriam, cairiam de maduras, renasceriam até o quintal se tornar o jardim dum cego que conhece as plantas pelo tacto e pelo perfume, sem memória da atenção desmancha-prazeres do jardineiro.

Nenhuma flor lamentava a morte dos escravos que Celestino sufocara em mar alto. Os homens despejaram a cal no porão, saco a saco. Os negros viram que um pó caía sobre eles, mas não entenderam o que se passava. Os sacos de cal foram vazados no porão e a porta fechada por Celestino. Ouviram-se gemidos, pedidos de socorro e, passado algum tempo, um silêncio que apaziguou os piratas. O rapaz que lhes abrira o porão pela calada manteve-se a um canto, aturdido.

Entreolhando-se, buscaram na cara uns dos outros um sinal de que podiam voltar a falar. O capitão sorriu, como se estivesse sozinho. Asfixiados, os sessenta e poucos negros que restavam depois da revolta sucumbiram aos vapores corrosivos da cal. Celestino abeirou-se da proa, sem olhar a mortandade.

De olho no horizonte que espreitava, ao nascer do dia, sorveu a maresia.

As plantas viam-no como um olho de vidro vê a passagem das nuvens. Elas e o seu amigo eram seiva da mesma seiva, da mesma carne sem dó nem piedade. Atrás das costelas, no lugar do coração, o corsário tinha uma planta.

E, por tudo isso, não o julgavam.

Ajoelhado diante dos cravos, a realidade das coisas inundava-o com o proveito de estar vivo quando na vila o julgavam morto. As horas passavam e ele passava com elas como se percorresse uma escadaria suspensa entre duas falésias. Esse êxtase limpo tomava-o também quando, após o braço-de-ferro com os olhos do padre, batia com a porta da igreja, saía para a vila e gozava o facto de ter deixado de ser visto, agora que se tinham desinteressado dele.

Caminhava anónimo pelo burgo de outrora. Não havia consolo maior do que o de ser ninguém onde havia sido alguém. Chamar outras às casas a que chamara suas. Rever com olhos velhos lojas, chaminés, barcaças, varinas. Ninguém vinha à porta das lojas para o ver passar. Não era ódio nem indiferença. No cais, as fisionomias anunciavam outro século, que nunca seria seu. Como seriam os sobrolhos, as pestanas do século XX? Quem lhe dera vê-los. Mas assim: como um fantasma que não assustava ninguém e não se interessava por nada, num passeio sem cheiro pelo futuro.

O mar no cais não lhe respondia, os bois puxando as redes, a bonança a saltitar na areia — sardinhas, sarguetas, cavalas, rodovalhos —, as mulheres de canelas gordas, os olhos dos homens do mar tapados com os seus barretes cheios de carestia, a poalha dispersa na cacimba, mas a Celestino o mar nunca trouxera a vida. Crianças chupando rebuçados para a tosse, a macieira sozinha ao lado da igreja, companhia de um

medronheiro que chorava sangue laranja — e os pardalitos bê-
bedos depois do banquete dos frutos peludos pisados no chão.

Olho nas botas e subia a colina chamado pelo vento nos
choupos, as mãos nos bolsos como trancas à porta — ninguém o via, dispensado de qualquer saudação, ou contrição,
ou levantar de chapéu.

Apenas a casa o aguardava, ao chegar da volta pela vila, o
jardim que nos dias aziagos lhe apetecia deitar abaixo, o manto
de veludo puído às costas do espantalho, mortalha escusada.
"Os meus ouvidos não são meus, capitão, são do nosso
santo menino Jesus." E encher-lhe os ouvidos de areia, dizer
o quê, falar a quem, se nada havia a dizer? Mas pingava dentro da igrejinha um pingo de água dentro de um copo vazio
que ia enchendo: o sangue e a luz, as noites brancas, grávidas
de escadarias, o bichanar do sacristão, as visões à janela das
casas contíguas.

O espantalho de braços abertos, como um arcanjo apaixonado pelo vento que, tomando as folhas, o despenteava. "Nunca
é tarde, capitão Celestino." Tarde começa quando? "Mas as
ameixas, senhor padre, caem a tempo e horas. As sardinheiras
dão-se todo o ano. Ainda guardo a queimadura da fogueira da
roupa de minha mãe, que me cheirava a banha e a manteiga.
Sabe, senhor padre, Deus é como o caroço do pêssego, cianeto,
bolor e peçonha. Alguma vez provou uma dessas amêndoas
amargas? O mar findou vai para cem anos."

Não esganei a holandesa. Sete, oito aninhos, mas os pescoços não têm idade.

—

A bolha de sangue e muita luz. Sai-me da boca e ali fico.

—

Que será feito do Júlio? Era bom com a faca. Ainda nos rimos uma vez a sacar rolhas às garrafas. Foi no dia em que se afogou o Saraiva. Afogou porque era estúpido.

—

Ainda ontem à porta da igreja, mil diabos se não era o Leal com uma saca de farinha às costas. Morreu vai para quarenta anos, ainda eu era miúdo e andava à esmola, até minha mãe me bateu. Deus me leve se não era ele ali no cais a acartar as sacas.

—

Vem aí o novo século, gritam os moços à porta da igreja. É outra morte e já me fui.

—

Dia belo no quintal. Ao alpendre não vou.

—

Atirei-me às águas lá embaixo uma noite destas. Era como se me puxassem pra baixo. A água degrada. Nasci peixe e apagou. Agora é tudo ratos.

Capitão Celestino amava as flores, se é possível amar sem guardar memória. Ou Deus queria fazer dele exemplo de que o amor não precisa da lembrança para amar, ou a bondade do seu quintal não era aquela que foi destinada às coisas naturais, o seu saberem fazer o bem sem saberem o que fazem, a bondade de cabeça oca de uma máquina perfeita, perfeitamente diabólica. Se quando padre Alfredo saía lá de casa, depois de o avisar do calendário paroquial e de prelecções sobre a caridade que deixavam o capitão a ponto de se enfiar na cama de tédio, distraindo-o dos condutos invisíveis que levavam a água às roseiras — e que havia que vigiar sem demora, e que jamais o cansavam de tão amigos —, se, quando o via atravessar o portão, a batina a roçar nos ladrilhos, aquele narizinho de perfumista enxerido, pensava agarrar na pistola e atirar-lhe às costas. Se, de quando em quando, levado em pensamentos, vendo os meninos pela rua, sentia ganas de dar uso à navalha, pois ela guardava e os seus dedos guardavam as saudades que o seu coração não tinha, no resto das horas do dia era como se tudo tivesse achado o lugar certo. O sangue, da lascívia e da volúpia, a morte, em todas as suas declinações lúgubres, tudo tinha no quintal o seu duplo, na forma de cada planta, que, com mãos delicadas de mulher, tratava como pessoas.

Se alguém pensasse que cultivava as flores do seu caixão, soubesse que as rosas, os cravos, as surpresas suas de cada dia, cada uma das ameixas que quase lhe sabiam a ananás dos Açores eram no futuro do capitão os números, as caras, as almas de quantos, mortos pelas suas mãos ou delas testemunhas, lhe ofereciam agora o seu silêncio eterno, ali plantados, carecidos da água do seu regador, do alimento do seu poço.

Não tinha saudade como o ribeiro que corre não tem saudade. Não tinha medo como a chuva não tem medo. Sentado à sombra no jardim, fez tenções de fumar. Sentia-se irmão do seu quintal, encontrada a sua raiz. Tudo nele lhe era cabalmente afim. Não eram as plantas, que não fazem perguntas, muito mais proveitosas do que o aborrecido padre, com os seus olhos culposos?

Na sua cabeça tiniam as obrigações da manhã, a melodia branda das tarefas das flores, que não o queriam deixar morrer depressa. As idades passando, até os meninos que via pela rua iam ficando outros. Os casados passeando de mãos dadas, a terra comendo as sementes que lhes jogava, e aquele relógio, o mais acertado de todos, batendo a horas certas, engolindo os minutos, as horas, os segundos, a água: o relógio das plantas, mão estendida, sem tempo para sentenças.

Os dedos cada vez mais tortos, pensou, olhando as mãos sobre os joelhos. Deformavam-se como as raízes das árvores, teimosos.

Celestino não estava senil e talvez tivesse um coração escondido atrás das tatuagens. Fosse o mar como as florinhas sem boca: um caixão sem ouvidos, cego, surdo e mudo.

Visto do jardim, o passado era o rasto que as lesmas deixavam ao subir a parede da casa caiada. Raramente as via mas, ao subirem a parede, soltavam um ranho que depois secava e se tornava uma linha, parecida às que a hera deixa num muro depois de podada, ou à pegada de um insecto.

Atrás das sebes, Celestino era um vulto de bem com a vida. Mas, por alguma razão, a existência vivida por ele no seu jardim evocava a quem o via da rua, através da hera, aquela que não estavam a viver. O som era o da enxada na terra, o de um fio de água caindo nos vasos. Pressentidas entre as folhas, as sombras lembravam aos curiosos a vida declinada. Alguns paravam e afastavam as folhas das sebes, espreitavam. Davam com ele de calças arregaçadas, os pêlos brancos nas costas sardentas. A outros, o coração acelerava ao passarem o seu portão e não se detinham.

Atrás das sebes, pressentiam um pagão dedicado à busca do prazer acima de todas as coisas. Talvez fosse direito consagrado a um velho, que tudo tinha visto e tocado. Buscar a luz, o calor e o amor das coisas belas, a libelinha no ribeiro, a vespa a beijar o jasmim. Através da hera, os seus gestos tornavam-se sombrios, a sua dança de jardineiro passos macabros. Toda a sua atenção estava dedicada às tarefas do dia, mas os curiosos tocavam-nas sugestionados pelo bater das suas botas nos ladrilhos, pela estocada seca do ancinho.

Atrás das sebes, plantava-se vida. Mas, para os curiosos, do outro lado, essa era a que não tinham vivido, as viagens recusadas, as florestas onde não se tinham perdido nem achado, os desejos sanguíneos, o avesso dos seus dias claros.

A alguns, poucos, o ritmo do ancinho perseguia após curvarem a esquina e levavam-no consigo para casa, como quem leva ao peito antes do tempo a música do seu enterro, que nunca ouvirá.

Ouviam-no de noite, deitados, depois de fecharem os olhos. E sonhavam que ele lhes entrava em casa, pé ante pé. Em sonhos, não tinham como impedi-lo de participar na sua morte, pois não podiam fugir da outra vida, uma vez entregues ao sono, seu algoz.

Se lhes fazemos perguntas, as árvores, os ramos, as folhas respondem. Via-se agora só, entre as sombras e os reflexos cintilantes. Não sabia a língua da terra, só a do mar. Os dedos das plantas estenderam-se para ele, chamando-o, para que se rendesse e se transformasse em árvore. Os galhos picaram--lhe as pernas. A comichão vinha do pescoço e descia-lhe às partes baixas. Mas os bichos não o comiam vivo, como supunha, ao entrar selva dentro, abrindo caminho com a faca, nem era ele que se deixava subtrair ao chamamento da Natureza. Procurava uma janela, uma saída, mas entrava cada vez mais no túnel, sem saber se o chiado eram símios pendurados das palmeiras altas, o roncar das ondas na praia, ou a sua cabeça tornada uma floresta habitada.

A luz do dia penetrava entre os ramos e lançava raios que se alinhavam diante de Celestino como incisões de uma espada. Pisando folhas, flores e bichos, perseguiu os sinais luminosos como se estes lhe indicassem a direcção. Via na casca das árvores bocas e olhos, como se a floresta se tivesse comprometido em deixá-lo perder-se. Não saberia dizer o que procurava. Elevou os olhos e viu os macacos de galho em galho. O seu delírio não o levou dali. Não supunha que as coisas se tinham agregado para dele se vingarem, nem que chegara a hora de a Natureza, em conjunto, o engolir. De um lado, cobras. Do outro, teias suspensas. À frente, um emaranhado de folhas e ramos compostos num tecido longamente trabalhado. A tecelagem das coisas, conseguida após séculos de crescimento, vida e morte, mantida pela paciência de milhões de seres minúsculos, trabalhadores da ordem do mundo virgem. Celestino tinha os pés pesados. Ninguém sabia onde estava, caminhando dentro do estômago de Deus: a floresta. Mas não apeteceu a Deus engoli-lo. A humidade soltada pelo mar atiçava o sonho. Araras piavam acima dos seus ombros, borboletas azuis esvoaçavam junto do seu nariz arranhado. Dentro do estômago, a Terra fazia-o sentir-se sozinho dentro da sua cabeça, como se tivesse mais que fazer do que adormecê-lo. Celestino também não esperava que ela lhe desse descanso.

Abriu caminho com a faca, em direcção ao interior do interior, lugar onde, no escuro, habitavam morcegos, gorilas e jacarandás que nunca tinham visto um homem. Mas o pirata também já não era gente, apenas uma planta com braços, que por alguma razão evoluía no mato, como uma seta cansada. Sem memória de nada, o medo não tocou Celestino. Andava como quem se quer dissolver em tudo, esperando encontrar o ponto onde a Natureza se cansaria de o ver pedir-lhe que o absorvesse. Cortou mato como se rasgasse um longo lençol. Naqueles caminhos por onde homem nenhum andara, destruindo a tecelagem de Deus com a tesoura que eram as suas pernas, sem bússola ou sentido de orientação que o auxiliasse, não lhe acudiam as agonias daqueles que abandonara à sua mercê, nem o olhar de sua mãe despedindo-se do rapaz que fora. Também não tinha a ideia no futuro, que não zomba de quem tem sede.

Rodeado de pimenteiras, a febre subia-lhe a espinha. Por instantes vinha a si, elevando-se da náusea em que progredia, ouvindo chamados no eco, pressentindo uma presença humana atrás dos troncos dos cajueiros.

Todas as ideias com forma o tinham desabitado, todas as caras conhecidas se despediram da sua memória, deixando-o a sós com o agora, como para testarem a sua ligação às coisas. Se o estômago do mundo não o digeria, podia sentir-se por uma vez parte das coisas. Deus não o empurrou, acompanhando o seu progresso.

O homem e a mulher luziam, embora a luz abafasse nas suas roupas, no colo dela, apertado num corpete, asfixiando-a. Andava pela casa com o vestido que, abotoado até ao pescoço, continha o enfado pela vida de serventia e espera, o cotão a tomar-lhe conta dos sonhos, enquanto o limpava pela casa, com as mãos calejadas, sempre frias. Do homem do quadro, pouco se sabia, desde que morrera no mar, cumprindo o destino da sua linhagem. Sorrira quando lhe nasceram os filhos, mas apertava por dentro, do medo de não ter como os criar. Vira a sua casa ser tomada pelas ondas, o barco onde seguia, engolido pelas correntes, na noite em que a sua vida havia findado. Antes disso, em menino, jogara às cinco pedrinhas à beira do rio, sonhara com bruxas, sobrevivera a uma pneumonia, que lhe dera a postura febril que o quadro fixara, de olhos vazios e tez muito branca. O mogno do camiseiro, encerado com cera de abelhas, rebrilhava, reflectindo-se no metal da moldura e lançando um fio de luz sobre o olhar do jovem marinheiro. Mas nunca a mãe de Celestino se apercebia desse acordar efémero do seu pai morto tão cedo. A madeira viera do Pará. Fora entregue ao carpinteiro do porto para que construísse o móvel no qual tencionava guardar as toalhas. Os troncos haviam feito a rota dos homens, deitados como nem a estes era permitido, dormindo sobre as ondas até virem dar às mãos do velho mestre de carpintaria. Faltava-lhe um dedo, e com a sua mão imperfeita assustava as crianças, se espreitavam pela porta da loja.

O carpinteiro pressentia a floresta no mogno antes de lhe aplicar a lixa. Quase a sentia pulsar e conseguia ouvir a vida que contava, as gentes selvagens que haviam adorado a árvore nos Brasis misteriosos. Passava a mão aleijada pelo mogno, à espreita do ritmo do mato dentro do tronco, que o conservara. Como teria sido a vida da árvore secular, agora deitada sobre a mesa, presa pelo torno, como um cadáver enviado para longe de sua casa? Deixava que a peça lhe contasse a sua história, antes de a serrar. Queria que ela lhe dissesse quem era, que o ajudasse a entender o que fazer-lhe.

A mãe de Celestino, que encomendara o camiseiro, não podia saber que a madeira contava a história do seu filho ido há muito. Apressara o carpinteiro com a distracção com que encerava o móvel, sem ligar a que um dia a madeira fora um ser vivo, habitante de uma floresta como aquela onde Celestino desejava perder-se. Mais do que todos os móveis da casa, a madeira escura narrava a história da sua dissolução com uma ironia de que a viúva não podia suspeitar.

Se se abeirava dele e abria as gavetas, tirando as toalhas lavadas para as voltar a lavar com receio de que encardissem, logo ela que não tinha a quem receber, senão o padre, que cada vez menos a visitava, não pensava que o móvel era o pretexto que a vida lhe deixara para matar as saudades. Como sua mãe no quadro, entregue à condição de viúva, não adivinhava que tinha por perto um corte do seu menino. Ninguém em lado algum podia despertar a mobília e fazê-la falar, ou contar aventuras. Mas, ao limpar o pó, a mãe afagava o mundo do filho, preparava-o para se deitar na cama feita com roupa fresca.

Ao fim de dias, Celestino encontrou um acampamento abandonado na praia. Bebeu do grogue deixado pelos forasteiros. Partiu um coco e deitou-se na tenda de lona. Sangrava dos braços e das pernas, os pés em papa, ardia em febre, tinha as gengivas inflamadas, quando o sono lhe tomou o corpo, sem lugar a qualquer pensamento.

—

Minha mãe acordava e ia bater a manteiga. Não me lembra a oração. Sai-me tudo aos socalcos.

—

Os olhos dele na última noite em que o vi. Bebemos e cantámos. Os pretos à volta ainda quentes. Foi a única madrugada feliz da minha vida. Contei vinte e três com estas duas mãos. Agora doem-me os ossos, mas ninguém me rouba aquelas horas. A fogueira e eles. Assámos uma cabra. Estrelas. Os outros na pandeireta.

—

A bolha de sangue vomita-me até desaparecer comigo.

—

Sou cego mas nunca fui ceguinho. Anda aí um, mete-me asco. Pede à porta da igreja. Antes queria fazer-lhe o santo favor de o esganar.

—

Domingo na praia a contar barcos. Fico a vê-los chegar junto das mulheres. Vossos maridos estão guardados pelos peixinhos. Elas choram e esperam. Por mim ninguém esperou, a não ser os meus cravos.

—

Podia nunca mais ver o mar. Fecho o olho e é sangue. A vizinha espreita depois da ceia. Porrada e couves.

—

Fosse eu padeiro e envenenava uma fornada de pão. Vou lá eu dizer isso àquelas almas. Chegam a casa e são menos que água. Sangue e luz. Muito calor.

Depois de terem ganhado confiança, as crianças batiam-lhe à porta para verem os morcegos. Sentava-se na cadeira. Respirava fundo. Era a hora de as mães dos morceguinhos os ensinarem a voar. Os pequenotes rondavam o vazio, entre o grande choupo branco e o pinheiro do outro lado do muro. Voavam em elipses perfeitas, tangentes às sebes, desaparecendo dentro das árvores. As copas estavam estáticas a ponto de ser possível dar conta do tumulto das folhas, quando corria uma brisa, um restolhar gracioso. Num ponto da copa do choupo, as folhas remexiam, mas não se distinguia nada. Vindo da base do tronco, o sopro do vento galgava copa acima como um frio na espinha, comunicando-se aos ramos e às folhas. Alerta, o coração dos meninos acelerava como se estivessem para ser atacados.

E logo voltavam os morceguinhos desenhando uma elipse no ar, rente ao alecrim. Celestino agarrava a mão direita, tentando que não tremesse, e esforçava-se por não recolher ao interior da casa. Parecia-lhe que os morcegos se encaminhavam para o seu olho, imaginava-os a arrancarem-lho das órbitas, mas não se apercebiam da sua presença. A proximidade da noite parecia tê-los enlouquecido. Não buscavam acoitar-se no escuro, mas era como se dessem uma última volta no carrossel, antes de se despenharem contra a morte. O capitão sabia que não procuravam a luz da sua candeia, mas o seu coração pulsava como o de um dos pardais assustados que por ali havia. Luzia tinha medo de que lhe pousassem no ombro, cravando os dentes na sua carne. A maresia, subindo a colina vinda da praia, chegava à vila em lufadas húmidas. A sós com o crepúsculo, os braços do capitão e dos meninos faziam-se azuis. Os morcegos juvenis batiam asas como folhas de papel queimado esvoaçando sobre brasas. A escuridão cobria as árvores. As folhas enegreciam e ganhavam alma, à medida que o vento aumentava e a temperatura baixava. O escuro emanava do vazio como do fundo de um poço, de um início de mundo. A escuridão fresca atingia a plateia como o início de uma história da vanglória. O conto dos primeiros lenhadores e dos primeiros venenos, das primeiras armadilhas, dos primeiros caçadores, dos primeiros piratas.

Pelas oito da noite, as mães-morcego davam por terminada a lição de voo. Em menos de nada, o Sol punha-se e o vento abrandava. Apenas uma coruja piava. As crianças voltavam a casa. Era quando nada se passava a não ser um ou outro bando de foliões. E Celestino recolhia, aquecia o caldo, lavava a cara e fumava noite fora.

A menina holandesa apareceu uma primeira vez naqueles anos. Celestino tinha ceado, tirado a pala do olho, e sentara-se à lareira a ver as brasas. Primeiro apareceu o pescoço, depois acenderam-se na mesma chama os cabelos de fogo. Esteve para deitar ao lume a xícara do chá, mas não o fez. As chamas subiram e o cabelo da holandesa dançou. Das orelhas saíram duas mãos que abriram, abriram e, depois, diminuíram até se misturarem nas mechas luminosas, de novo inflamadas e, enfim, mortiças.

O estalar da lenha no silêncio da cozinha trouxe-lhe à ideia a melodia que lhe ouvira quando estava febril. Por instantes, sentiu um apelo por tocar as labaredas com as pontas dos dedos e afagar a cara da criança. Os seus pulsos ainda se recordavam do toque da venda com que lhe tapara os olhos. Vieram-lhe à ideia as cantigas que lhe ouvira na selva. Mas que eram agora? Apeteciam-lhe as cantigas e não a menina, cujo choro nos mangais o enfastiava.

Perdia a noção das horas e eram as cruzes que o avisavam de que era preciso parar por ali. Mas, então, como nos dias em que se deixava estar na cama, o sono vinha fazer-lhe companhia, como um bom amigo. Aprendeu a fazer queijo. Cozia a sua broa. Recuperou o alambique.

Às vezes, embebedava-se. Nesses dias, fora de si, acendia uma fogueira nas margens do ribeiro e, em vez de dormir em casa, passava a noite deitado na margem a ouvir a água onde nadara em menino e a comer avelãs.

Iluminadas pela fogueira, as margens do ribeiro podiam tê-lo levado aos acampamentos soturnos da juventude. Mas a sua cabeça de velho parecia ter esquecido a capacidade de viajar. Era difícil ter a certeza se a nostalgia o poupara, ou se havia mudado. Tinha as mesmas mãos de sangue, as mesmas unhas atrozes, que tinham revolvido entranhas. Mas o mundo transportado pelo seu corpo antigo vergara-se à tristeza de não saber bem que terra pisava, como se, uma vez aportado, tivesse perdido o norte.

Uma noite atirou-se ao ribeiro. Na margem, debaixo do pinheiro, a fogueira ardia e iluminava o seu perfil branco à superfície das águas. Tiritando, deu duas braçadas na direcção da corrente. Os ossos dos pés gelaram primeiro. Depois, deixou de sentir os dedos das mãos. Os cabelos longos, molhados, atrapalharam-lhe ainda mais a vista, colados à cara, tapando-lhe o olho. Nas margens, os pirilampos olhavam-no entre os tufos das silvas altas. Uma coruja a que se habituara piou. As chamas a arderem na fogueira, o crepitar dos galhos nas brasas, as folhas a penderem sobre as águas, cor de âmbar, uma lebre, que rasgou a margem, esbaforida, e a sua cara molhada fora da água, as barbas sobre o peito encovado, levaram a que o frio dos ossos se transmitisse à cabeça, despertando-o da bebedeira.

No fundo do ribeiro, sob os seixos, o lodo chamou-o para o fundo. Não tinha ninguém na vida, nem dó ou saudade. Sentiu-se só.

Vindo das árvores, distinguiu um choro de criança, mas não tinha a certeza de não estar a delirar. Talvez fosse um dos meninos que se aventurava no muro para o espreitar atrás das sebes, mas era noite tão escura. Ergueu o tronco e, com esforço, encaminhou-se para a margem. A cada passo, o choro parava, tornando-se distinto enquanto andava dentro de água, como se desse pela sua presença. Estava desarmado. Temeu pelas suas flores. E se fosse alguém para lhe pegar fogo ao quintal, desses que o olhavam de lado, quando passeava no centro da vila? Tentando não escorregar, saiu da água.

Nu, diante da fogueira, as sombras das labaredas dançaram no seu tronco, como numa tela. O choro parara. Afinal, estava a ficar mouco. "Senhor, estais aí?", balbuciou falando com os ramos, inclinando o queixo para diante. Mas a voz calara-se, abandonara-o. Celestino enrolou-se na roupa. Seria a menina deixada vendada no mato que voltara para o vir buscar, agora que estava velho? Estaria a perder o juízo? Os pirilampos, à sua frente, piscavam a sua luz intermitente. A Natureza era outra, mas o desprezo o mesmo. O jardim, o meio de manter o seu senhor por perto. Ele, obediente, convencido de que vivia os seus últimos dias, arrancara-o da terra, construíra com as suas mãos um jardim apenas para ter a certeza de que o jardim não queria saber dele, como toda a vida não quisera saber de ninguém. A população temente da vila estava certa quando julgava o capitão suspeito. O quintal era a sua última prova. Nas suas pétalas brilhantes e coloridas, as ordens de outrora renovavam-se, a cada manhã, insensíveis ao amor que o jardineiro punha nelas.

O quintal amanhecia sob o nevoeiro salgado. Aos poucos, a neblina levantava, revelando a cor das flores. Os borrões grená, amarelos e turquesa, esbatidos na palidez aguada, sem deixarem perceber o contorno das pétalas e a realidade dos caules, pareciam planar na atmosfera. Às vezes, uma auréola teimosa de nuvem mantinha-se sobre os canteiros depois de a névoa se ter dissipado. Celestino, emergindo da bruma, contemplava a condensação do tom das suas barbas. Soprava o fumo da cigarrilha para cima da auréola que, perfurada, se arrepiava com o bafo quente e se retraía como um balão tímido tocado por uma agulha. A neblina trazia até ao jardim o cheiro das algas e das ondas, cujo ronco, nos dias de tempestade, chegava até à casa. Era quando o quintal se fazia um castelo de areia, jardim erguido à beira-mar. E o velho capitão regressava por instantes à infância de menino na praia. Se começara a vida brincando aos marinheiros, a atirar-se de cabeça do pontão, acabava-a brincando aos jardineiros.

—

Esta noite choveram navalhas. O medo nos bigodes. Choupos e cravos no poço.

—

Sangue e luz. Ou o outro na vala. O céu sobre a minha cabeça. O burgo aceso até à Lua.

—

Hoje janelas abertas. O nevoeiro resmunga. Era arrancar-lhe a cauda.

—

Cadeiras, uma mesinha. Fui-me às encostas. Sinos toda a noite.

Entretido com os alegretes, pareceu-lhe ver um brilhante na terra. Levou a mão ao pescoço para ver se o cordão que a sua mãe lhe oferecera lhe tinha caído do pescoço. Lá estava ele e trincou-lhe os pêlos do peito. No fundo do canteiro, reluzindo, alguma coisa brilhava. Cavou com as duas mãos e o brilho fugiu-lhe entre os dedos. Ansioso, fez um buraco com a pá, esvaziando o canteiro. O brilho arredava-se, misturando-se com o reflexo do Sol a pique. Celestino cavou com a força que conseguiu. E, enquanto cavava, concentrado na terra, um fio de loucura namorou as suas ideias e as suas mãos. Estava capaz de cavar para sempre, de destruir a obra feita no quintal.

A pá cavava sozinha, abrindo a cova. Deixou de sentir os braços. Celestino ofegava, incapaz de parar, arremessando a terra à sua volta. Cavou como se tivesse fome. Descalço, o solo sob os pés estava vivo. Ao lado, a terra escavada amontoou-se num monte que foi crescendo. Jogava a terra fora ao ritmo da sua pulsação, mas ele e a terra começaram desfasados. Abrira-se na sua cabeça um canal de silêncio dentro do qual o mundo se subtraíra ao som da pá e ao cheiro da terra escura, que lhe sujava a barba. Cavou, cavou, cavou mais fundo, mais fundo. Ele e a terra encontraram-se. A respiração do homem acertou com a pá e com o calor do solo. Não sentia o corpo. A cova crescia, revelando-o pequeno. Alguma coisa respirava dentro dela como se lhe quisesse falar. As pedras e os nós das raízes soltavam-se das escamas de terra seca sob as quais uma humidade fresca se revelava para logo secar em lençóis de areia da praia. Os bichos-de-conta viviam ali, fechados em si mesmos no escuro, paredes-meias com os escaravelhos e as minhocas da cor das suas mãos. Cavou ainda mais fundo. Debaixo da terra, não parecia haver um segredo. Só o frio que existe debaixo do calor e o calor que há debaixo desse frio. Nada lhe falou e o som da pá tornou-se distante e perdeu o nexo e o ritmo. Cavava como uma imposição vinda do fundo da terra, mas sem saber por que o fazia. Caras e esgares, risos e olhares, o brilhante, uma moeda, nada o conduziu nem atormentou. A terra entrou-lhe nos olhos, debaixo das unhas, sujou-lhe a barba, chegou-lhe à boca. Não cavava a sua cova. Cavou pela sua vida, sem pensar em nada, sem sentir o corpo. Respondia a uma força de que desconhecia a origem e lhe tomara conta dos braços. Cavou mais fundo. O monte de terra ao lado da cova cresceu ao ritmo do seu alheamento. Nem flores, nem quintal, nem preocupação alguma. Não lhe doíam as pernas, nem as costas, nem os nós dos dedos. Mas foi-se vergando como diante de um mistério à medida que a cova foi ficando funda e ele um alfinete deitado à terra.

Arrefecendo, a brisa acordou as folhas dos choupos. O nevoeiro submergiu o quintal. Da rua, a música do vento nas folhas lambeu-lhe os cabelos. Desde o outro lado do muro até ao ribeiro onde desembocava a ladeira, os frutos nos ramos, as folhas secas pelo chão, os galhos, os bichos começaram a nascer para a vida da noite. O Sol foi-se pondo. Indiferente à falta de luz, Celestino cavou pela sua alma. Não podia parar, não era capaz de parar, estava de pé dentro da cova, abaixo do nível das flores, sozinho e louco. Cavou mais fundo. A terra debaixo da casa não escondia tesouros nem cadáveres, só o cheiro sobre o qual assenta o tropel da vida. Não era mais um homem: a vontade e a consciência cederam lugar à força e à energia e a lucidez tornou-se um fiapo. Cavou às escuras.

Metendo a pá na terra, acertava nos dedos doridos. Sem pensar, chorou. Saudade alguma, sombras da memória, lamentos do passado, mágoas de juventude, nada de nada. Só o corpo impedido de parar como por uma condenação de cujo tormento alguém o aliviara para sempre. Pequeno diante da altura da casa de família, ínfimo diante do tronco da ameixoeira e das rosas que trepavam o muro, presas em pregos de ferro por atilhos atados com as pontas dos seus dedos de jardineiro amigo, tombou de costas, na tontura, já a noite caíra. Estava da cor da terra, iluminado pela Lua. E aí abriu os olhos, ainda fora de si. As constelações brilhavam na sua certeza geométrica como um bordado no bastidor que era o céu negro, quase líquido. De braços e pernas abertas, pasmado, o capitão olhou as estrelas. Debaixo do seu corpo, a terra acolheu-o no seu calor vivo, clemente. E, como morto em vida, ele fechou os olhos e adormeceu.

Acordou do desmaio minutos depois. O jardim continuava na mesma. Era meio-dia. O Sol estava alto. Os cravos, as roseiras, no sítio. Sentiu-se tonto. Transpirava. Varreu a terra levantada durante o delírio. Não sabia quanto tempo tinha passado. Deu com um galo na nuca. E, pela primeira vez medroso, pôs-se na cama com os pés gelados e as ideias baralhadas.

Na manhã seguinte, acordou mais velho e mais cego. Os pés incharam. As varizes cobriram-lhe as pernas. O corpo mirrou. Em lugar do porte esguio, distinguia-se agora a corcunda, a pança, as peles debaixo do queixo, penduradas sob as barbas encanecidas. Pela primeira vez em anos, olhou-se ao espelho. O olho tornara-se mais pequeno e ainda mais claro. Passou as mãos pela cara a medo. Achou os pêlos ásperos e sentiu um arrepio. Agarrou na tesoura e cortou-os pelo queixo. Caíram em cima dos seus pés e, então, reparou neles. Não reconhecia as partes do corpo fora do todo. Caída no chão, a barba era parte do arranjo da sujidade da casa. Desagarrada da cara, não parecia que lhe pertencera ou que compusera o seu carácter. Pertencia ao soalho no qual os fios, caídos sem qualquer lógica, como um punhado de penas, desenhavam um foco de luz. Acompanhara-o a vida inteira e agora, que a perdera, estava no chão como se nunca se tivessem conhecido.

Ensaboou o rosto e acabou de se barbear com o cuidado que pôde, porque tremia. Ao passar a navalha no queixo, o maxilar revelou-se pálido e seco. Celestino assustou-se, mas era tarde. Terminou sem lugar a lamentos, mas esqueceu-se de tapar o olho. Foi à porta espreitar o quintal.

Chovia muito. Sem barba e sem pala, o vento e o frio tinham outro sabor. A chuva caía sobre as flores dobrando as pétalas. Estranhava como não se vergavam, apesar do vento forte. Os limões choravam em ponto de pérola. O alecrim, redivivo, brilhava e lançava perfume sobre a luz das abertas. As nuvens corriam depressa, sopradas pelo vento, cor de chumbo, tapando o astro com uma pala carmim. O vento chicoteando as plantas fazia-as tombar nos canteiros caiados. À porta, no cimo dos degraus, ao som da chuva, o velho pirata escanhoado teve o seu último momento ao leme. Fechou a porta e foi para dentro ver se comia alguma coisa.

Recebia o médico de quando em quando. Recomendava-lhe caldo e descanso, poucas saídas. As mulheres das casas vizinhas, que ainda se lembravam das suas tias, traziam-lhe comida. O padre visitou-o, apoquentado, e não esteve com meias-palavras. "Não se quer confessar, capitão? Nunca é tarde." Celestino, a arder de febre na cama, cerrou os dentes e fez que não com a cabeça, com veemência. A seguir, fechou o olho, e o padre saiu e deixou-o no quarto.

Inspirado pela necessidade de tratar do jardim que, com a chegada do frio, temia ter sido queimado pela geada, foi recuperando. Mas, ao sair de casa, muitas manhãs depois, o jardim estava à sua espera, com a cara de sempre. A água corria pingue-que-pingue nos mesmos condutos que construíra para assegurar a rega dos canteiros. As rosas estavam frescas do orvalho. Os cravos e as sardinheiras viçosos e silenciosos, risonhos como os deixara. Se alguém, alguma coisa, no Céu, tivera piedade do monstro que fora e que era, revelava-o sob a forma de flores e frutos, mostrando-se como uma graça que só ao capitão cabia regar.

Por altura do São João, nesse ano, fez-se uma grande fogueira na praia. Celestino apareceu, levado por Manuel, um primo do falecido caseiro Amadeu, que fez questão de o ir buscar a casa. O fogo iluminou as ondas escuras, que rebentavam com estrondo. Os pares saltaram a fogueira com um ímpeto alegre, ao som das cantigas. Mas tudo lhe soou desfasado do seu ritmo interior, que abrandava a cada dia, como um relógio que tivesse sido atrasado. De regresso a casa, a caminhar depressa pelo meio da confusão, os risos, as falas e as sombras das gentes assustaram-no, vindo ao seu encontro na noite. Tropeçou nas botas de um rapaz e caiu ao chão. Meteu por uma esquina escura, perdeu-se entre os vestidos e os urros. Manuel encontrou-o, caído num beco, depois de o procurar várias horas e só o reconheceu pelo chapéu. "Leva-me a casa", disse ao rapaz. Tremia de frio. Tinha o queixo em sangue. Foi a primeira e única vez na vida que implorou alguma coisa fosse a quem fosse.

Gozava a brisa no quintal, durante a tarde, sentado na cadeira, mas a sua pele de pirata não voltou a ganhar cor. Quase cego, conhecia as plantas pelo tacto e pelos nomes que lhes dava, cantava-lhes baladas. Elas respondiam, pensava o velho corsário, florindo.

Uma vez ou outra, aparecia no quintal um gato, ou um rafeiro parava por lá, ficando duas semanas ou três, no engodo dos ossos que Celestino lhe deixava. Confundia os animais com as flores. Aos coelhos que cavavam buracos nos canteiros, torcia-lhes o pescoço.

Ajoelhado, enterrou junto ao limoeiro os fios brancos da barba esquecidos no chão da sala. Jogados na terra, brilhavam como fios de ouro. Pareceram-lhe mais sujos do que os julgava, cioso que era de ter as barbas sempre lavadas. As pontas estavam amarelas do fumo das cigarrilhas. O fio era menos macio do que quando o tinha colado à cara. Talvez fosse uma forma de assegurar que era enterrado no seu jardim ou hábitos das suas aventuras nas florestas misteriosas do passado. Assim daria com o seu cheiro depois de morto e saberia o caminho de volta às flores quando tivesse saudade delas. Mas enterrou-os com tal pressa, a olhar por cima do ombro, que o mais provável é ter confundido as próprias barbas com uma saca de moedas. E não voltou a adormecer sem a companhia apardalada do medo de que lhas roubassem. Todos os dias o jardim estava diferente. Jamais se entediava. De noite, a Natureza tratava de lhe imprimir o matutino. Pela manhã, saindo ao quintal, vinha dar conta dos casos, dos espinhos, das borboletas, das teias de aranha, dos pulgões e do estado dos alporques dos cravos.

Padre Alfredo ofereceu-lhe um sargo no Natal. Celestino esqueceu-se do peixe no prato, em cima da mesa. Lembrou-se dele dias depois. O peixe mudara de cor. O capitão observou os olhos, as guelras putrefactas, dois dentinhos como lâminas a saírem-lhe dos beiços. Assustado com o cheiro a morte que da cozinha se transmitira ao seu quarto e à sala, atraindo bicharada, correu a abrir as janelas, agoniado.

Cheirara o mundo, mas agora estava habituado ao perfume das flores. Tudo nas suas mãos apodrecia — e tocou nos nós dos dedos. *Sangue... luz...*, ocorreu-lhe antes de adormecer, e tapou a cabeça com a almofada ainda não tinham batido as seis da tarde.

Raul, Pedro e Luzia ainda apareciam. Queriam ouvir histórias do corso. Sentava-os no chão, contava-lhes da maravilha das viagens e, no fim, oferecia-lhes amoras. Elefantes, altas árvores, frutos doces como mel, papagaios faladores, flores de todas as formas. Celestino deleitava-se com os seus risos engraçados, com a pele fina das gargantas excitadas, com os seus olhos pestanudos.

Despindo a camisa, o capitão mostrou-lhes as tatuagens que tinha no peito. Uma grande cruz de ossos, uma caveira com a língua de fora, uma borboleta vermelha, uma mulher de rabo empinado empoleirada num pedestal, de mãos na cabeça e coxa à mostra, nomes, datas, um facão afiado, um veleiro.

As crianças emudeceram. Estavam diante de um mapa, mas incapazes de porem por palavras o espanto. O tronco gasto do pirata, os seus pêlos brancos, emaranhados, os mamilos mastigados, a grande cicatriz que lhe atravessava as costas impressionaram-nas ainda mais do que os desenhos. Celestino começou por se sentir à vontade, inventou peripécias e desventuras em que levava sempre a melhor: "Vinde a mim, meninos, a mim que degolei gargantas e durmo o sono dos justos. Quereis saber o que matei? Matei macacos e cavalos. Serpentes, vespas, um elefante. Um crocodilo do comprimento de uma jangada: cortei-o em cinco partes, enquanto me ri da fortuna que o colosso me renderia. Matei dez mulheres, a uma delas cortei os pés. Matei um corvo, para o comer. Raposas, ratazanas. Matei centenas de homens com as minhas mãos e elas não me caíram. Matei os sonhos de um milhar de outros. Queimei cabanas. Um dia, mordi o pescoço dum homem até lhe arrancar as veias para fora. Espetei uma lança no peito de um amigo. Roubei dinheiro. Rebentei o crânio de um albino contra uma rocha. E a seguir esquartejei-o. À hora de adormecer, a mão de minha mãe entrava por mim dentro com a xícara de leite morno, muito doce, e levava-me na mão do sono".

Aos poucos, à medida que os dedos dos miúdos apontaram para o seu corpo como se ele não estivesse ali, percebendo o pasmo das crianças diante do testamento da sua longa viagem — e como o pasmo se misturava com repulsa diante do corpo de um velho —, a gabarolice das memórias deu lugar ao embaraço.

Não via os meninos à sua frente. Mergulhou para dentro. No final das contas, a vida não lhe dera a nobreza de morrer em novo. Deixara-o sobreviver num esqueleto inútil. Quisera que se visse abandonado. O mesmo mar que o cuspira, permitindo-lhe o regresso, zombava dele, num último lance de ironia, tornando-o em terra uma curiosidade para a imaginação das almas puras. Domesticara-o: enjaulara-o num jardim.

Naquela tarde, não houve rebuçados. Acordando dos pensamentos, correu com as crianças e deixou-se estar, cismado, sem pensar nas tarefas das flores que, afinal, o tinham mantido de rédea curta. Estava cativo do viço delas, escravo do cuidado que lhes punha e do amor que lhe ganhara, que lhes ganhara a elas. Supremo castigo: deixara-se escravizar, ao julgar erguer com as suas mãos um pequeno mundo, tesouro cuja destruição temia agora mais do que pela sua vida, que nada ameaçava.

Se o seu corpo fora um navio no mar, a desafiar as marés e as correntes, o que o sustinha agora era a vida que, sem querer, gerara. Os caules, os ramos, as flores, os frutos eram o seu cabelo, os braços, as pernas, os seus únicos pensamentos, a sua razão de viver. As plantas não tinham precisado de pelejar. A sua revolta fora insidiosa. Fora o jardineiro quem, de livre vontade, se tinha acorrentado, dia após dia. Noutro tempo, haveria de ter arrancado as plantas pelas raízes uma a uma, até nada restar do quintal.

Mas depois de as crianças se terem ido embora, não saberia dizer quem o tinha visitado.

As encostas vigiavam-no do nascer do dia ao crepúsculo. Aquilo que esquecera circundava-o como um anel de fogo que não podia trespassar. Do quintal, pareciam-lhe a cada dia mais altas. À luz roxa do fim da tarde, lançavam a casa e o homem no escuro. O que quer que estivesse depois delas era ali, do fundo do prato no qual ceava, poeira e migalhas. Eram mudas. O seu poder não estava em desafiarem o velho homem sozinho, mas no modo como por cada coisa esquecida despontava um abcesso lá longe, no lugar que a Natureza arranja para tudo aquilo que petrifica.

O esquecimento guardava-o como um avô guarda uma neta. Arrastava-se até à cama depois da ceia, deitava-se debaixo da manta, esvaziava as ideias em dois suspiros, mas, na noite, esquecer era um verbo com um vestido. E não porque através de um truque de magia ou por doença poética as suas lembranças tivessem ganhado corpo, mas porque debaixo do Sol cabe tudo quanto há e também tudo quanto houve numa justaposição dos nascidos com os finados, do que murchou aqui com o que germinará nalguma parte.

Sonâmbulo, levantava-se da cama e dava com uma velha negra na cozinha a preparar-lhe uma merenda. Sentavam-se os dois à mesa.

Com mãos generosas, ela servia-lhe iguarias de que ele não sabia o nome e, como as encostas no horizonte, via-o alimentar-se com o apetite de quem come a meio do sono, de olhos fechados. Sem que a mulher dissesse palavra, ela ouvia-o mastigar, limpava-lhe o queixo, empurrava-o de volta à cama e aninhava-o nos lençóis.

A noite estava cheia de gente sedenta de companhia. Celestino chegava à cozinha de ceroulas e em tronco nu, desperto pelo eco de um cair de moedas sobre a mesa. Padre Alfredo aparecia-lhe mais novo do que era e sentavam-se lado a lado. Nem sempre o padre trazia a batina. Vestia como o rapaz da casa das sementes, com uma camisola de lã e grandes botas sujas de lama, às vezes vinha do tamanho de um rapazinho, mas não queria nem rebuçados nem aventuras. De madrugada, também não o queria levar a confessar-se. Ficavam em silêncio, a ouvirem o crepitar das brasas. A noite na casa refrescava como uma noite no mar até que o silêncio se tornava um nada denso que, extravasando os limites da cozinha, queimava o capitão por dentro. Celestino corria a abrir as janelas, indo contra as paredes. A casa, na sua ideia, pegava fogo. Tinha ganas de estrangular Alfredo mas, tentando tocar-lhe o pescoço, afagava-lhe os cabelos suspensos no ar, sem corpo que agarrar.

Ou eram os relâmpagos que o acordavam, noutras noites ouvia panelas batendo umas nas outras na despensa como se uma banda tresloucada tivesse ocupado o lugar das caixas de farinha e das garrafas de aguardente. De braços erguidos e boca aberta, sentava-se ao lado de quem estivesse na cozinha à lareira: um negro que só vira uma vez, a viúva inconsolável de um pescador.

Um mendigo levou com um raio na cabeça na rua dos choupos naquele ano. Encontraram-no morto. Disse-se que a cara estava negra, que tinha perdido os olhos, a boca e as botas. As crianças deixaram de aparecer nos meses que se seguiram. Pouca gente cruzava a rua. O capitão espantava-se se calhava a acordar fora da cama, às vezes sujo, lambuzado, arranhado, com a cozinha ou a despensa revirada. Não se lembrava de nada, como se o esquecimento tivesse resolvido fazer pouco dele. Lavava a cara, ia ao quintal e sentava-se à chuva.

A casa e o jardim, que começara por compor à sua imagem, estavam desleixados. O jardineiro passava o dia persuadido de que buscava o acordo entre a sua forma íntima e a sua aparência, mas a velhice e a falta de siso transmitiam-se aos poucos às coisas em seu redor sem que ele desse conta. O que aos seus olhos era belo estava tosco e gasto como as suas calças. As plantas, ainda florescentes, eram uma sombra do que haviam sido, desbotadas como as suas tatuagens. Garatujava no mesmo caderno, mas não entendia a sua letra. Nomes de plantas. Lugares e navios. Cores, frutos, portos, palavras que não sabia como escrever:

Sal — cam — deitar — Pedr — inho aqui — piolho

Adormecia de pé, trauteava cantigas da juventude, sonhava de olhos abertos.

Os relâmpagos caíram sem clemência no último Outono. Parecia que a velha casa da rua dos choupos era a última casa habitada no mundo, ou uma balsa esquecida nas ondas, ou o porão de escravos de um navio à deriva.

Os seus braços, despedidos do dono, esboçavam gestos de marinhar como se, por reflexo, os trovões desencadeassem uma arte antiga, guardada debaixo da sua pele.

Deixou de usar a pala, sem vergonha da cara desfigurada. No quintal, não se julgava no mar onde tinha navegado, mas num mar outro, sem homens e sem tempo.

O sonambulismo foi como veio. Acordava na posição em que se tinha deitado, e cada vez mais tarde. Não temia a geada, mas que o papão lhe comesse as flores durante a noite. O que seria delas, quando morresse? Mas a aflição era uma estrela a cruzar o céu, sem que a ideia da morte chegasse a ser uma ideia. Para sua consolação, a pequena holandesa, de olhos vendados, aparecia no corredor, noite sim, noite não. Era fumo saído de uma vela apagada sem cara nem perfil humano. Entrava no quarto e deitava-se na cama ao lado do capitão, aninhada no peito do homem. Celestino sentia-a como uma neta, gelada até aos ossos, magra e suja, um corpinho de ar, gelo e sonho. Encostava a testa ao cabelo dela. Cheirava a algas, a velha água-de-colónia. Abraçava-a com amizade e adormecia.

Descansava em paz, agarrado à almofada, mas a planta dentro dele queria gozar a noite, ver o brilho da Lua. Aparentava um santo, mas o caule assomava à garganta, estrangulava-lhe a traqueia, trepava em direcção às amígdalas, guiado pelo fresco do breu. Saindo-lhe da boca como uma cobra, afastava-se do corpo de Celestino, ao qual permanecia ligada por um colar de folhas infinito. Descia, viscosa, da cama ao chão. Com os olhos verdes de treva, cheirava o soalho frio, alongando os ramos compridos paredes acima até ao tecto. Como nada houvesse ali de interessante, galgava às janelas, olhava o outro lado dos vidros, alcançava a porta, estendia-se corredor fora a caminho da sala, farejava o camiseiro e os quadros dos velhos, abrindo-se numa rede de folhas, sangue e muco. Da boca aberta do capitão como de um poço sem fundo, mais e mais folhas enlaçadas no caule desenrolavam-se como amarras presas a um cais, abrindo-se sobre a mesa até à cozinha e daí ao bengaleiro, babando-se junto à porta da rua, movidas pelo cheiro a nada e a terra molhada da cacimba vinda lá de fora, caminhando sobre os espinhos como uma centopeia sobre as suas patas. Até à lareira, soltando um rasto de visco negro, chaminé acima, presa por ventosas, a planta alastrava dirigindo-se para a noite. E, chegada ao telhado, do qual saía num rastejar mais afoito quanto mais próxima de sentir o luar, estendia-se sobre as telhas num manto de cuspo, folhas e seiva, e cobria a vivenda, presa pela boca à sua raiz, o pirata deitado na cama. Lá fora, a Lua reflectia-se na baba como em diamantes. E a planta quedava-se em descanso, resfolegando ao ritmo do sono de Celestino.

O capitão despertou com o cheiro do pão torrado no fogo. A velha mulher esperava-o na cozinha. Chegou diante dela como um menino acorda a meio da noite para roubar guloseimas. Sobre a mesa, encontrou a xícara de leite e uma fatia de broa quente. Sentou-se. Ela ajeitou-lhe a cadeira. Trocaram um sorriso. À luz da vela, a cara da mulher confundia-se com as paredes enegrecidas pela lareira: a boca, os olhos, o cabelo amarrado numa trança, as unhas limpas, uma cicatriz na maçã do rosto.

No sono, o capitão sentia-a como a mão enviada para lhe amparar a morte. Queria falar-lhe, perguntar-lhe o nome, tocar-lhe os dedos. Ela muito direita, vestida com uma saia rodada e florida e um avental branco. A sua presença segura era a de quem tudo soubesse sobre o homem que servia, talvez porque os mortos sabem tudo sobre os seus carrascos, talvez porque Celestino se tivesse revelado às suas vítimas como a nenhum outro senhor.

Soubera pôr-lhe a mesa, adivinhara o seu apetite, pusera-o à vontade e, agora, sentada à sua frente, via-o comer com um consolo que nada tinha de maternal ou de apaixonado.

As mãos dela eram quentes e amparavam as do velho homem, que tremia, ao pegar na xícara. Apesar de estar a dormir de pé, o capitão mastigou e consolou-se, nutrido pela presença da mulher que não o pressionou a nada, que o olhou como a ama que resgata o menino de uma mãe severa. Deixou de ser preciso estar a dormir para receber a sua visita.

A velha negra aparecia também de dia. Lavava com água e sabão as barbas que ele já não tinha. Untava-lhe a longa cabeleira branca com azeite morno. Esperava por ele na margem enquanto Celestino se banhava no ribeiro. Deitava-se ao seu lado quando, nu como viera ao mundo, ele se secava ao Sol. Lia o almanaque enquanto o jardineiro podava as rosas. Foi assim que o capitão fez amizade com a morte sem saber que o fazia, sem julgar que a chamava. A negra cantava-lhe ao ouvido e ele respondia num cantar cujas palavras ninguém podia entender. Saía atrás dela pela encosta, caminhando aos tombos nos pedregulhos. Levava os dias a deambular, à procura de qualquer coisa que era ela, a velha mulher que seguia ao seu lado. Fazendo-se escuro, apagava-se na ladeira, derreado. Gemia no sono e ela, que nunca o abandonara, passava-lhe a mão no cabelo, aquecia-o com os braços. Celestino esquecera tudo, deitado no seu regaço: o jardim, a casa, os cravos, o seu corpo, cada noite mais uma última noite.

Por pouco não morreu de pneumonia nem foi mordido pelos lobos. Dias depois de andar pelo bosque, descia a casa, mais cego, mais velho, mais tonto, mais morto, ciente de que aquela que procurara andara a seu lado todo o tempo, escondendo-se atrás das árvores, dançando à sua volta, dois velhos perdidos na floresta à procura desses velhos.

"Capitão? Capitão?" Ela, atrás, sua sombra, apanhava malmequeres e guardava-os no avental. Ele olhava-a de soslaio para ter a certeza de que ela estava por perto. Os ramos confusos assustavam, se a sua ama não lhe vigiasse os passos. Ali estava ela, a saia florida, rodada, o avental que nada sujava, feito de fumo, a longa trança enrolada em redor da testa, a sua doce presença, um calar de todas as perguntas. Ele, menino trapalhão, sujo de terra dos pés à cabeça, as botas enterradas na lama, ferido no queixo, tremendo das mãos, atarantado, saíra de casa ainda de noite à procura do capitão e, não fosse a companhia da velha negra, já teria desistido. Mas procurar junto dela era procurar flores para um arranjo, doíam-lhe as pernas, tombado, sem siso, mas não estava sozinho. Tinha a companhia da roda da saia dela, o jeito da roda de espalhar encanto, sem se aproximar de mais, deixando-o desaprender a andar sozinho como se faz a um menino que dá os primeiros passos, deixando-o esquecer-se de si como se o ajudasse a tornar-se uma pessoa. "Capitão? Capitão!", gritou ele, e espreitou atrás de um tronco. "Capitão?"

No meio das árvores, perdido, enquanto caminhava, moído das dores nas costas, "capitão" já não era uma palavra, muito menos gente, mas sons da família do chiado dos bichos, ruídos sem uma forma, um falar das árvores e dos pássaros, sílabas encontradas na Natureza, palavras do tempo em que se aprende o que é falar.

"Capitão?", bradou o velho homem. E ela sorriu, divertida de o ver cambalear, sem chegar perto.

Estaria o capitão atrás da romãzeira? Seria ele a sombra, ou fora um rato, ou um lobo, o velho, pingando suor, caindo ao chão, e ela ao fundo, sem o amparar, numa lua-de-mel pelo campo enquanto a casa os esperava do outro lado do ribeiro, noiva dos seus últimos dias, que viera para o ensinar a partir, deixando-o tomar o seu tempo, capitão, capitão, tão cego, tão longa a tarde e ele tão velho e ela tão paciente, que a sua missão era ver morrer o noivo, os pulmões, o fígado, o coração a saltarem-lhe da boca, "Capitão? Estais aí?". Do capitão, nada. A noite caindo de novo e os dois a monte, mas vendo-o quase menino, assustado, desfeito, em desespero, ela sentou-se e estendeu a saia no chão e deitou-o nela, pôs-lhe a cabeça nos joelhos, deu-lhe festas na cara, fechou-lhe o olho com as mãos, aqueceu-o com o ar que lhe saía da boca, soprando no seu pescoço como uma ama ao seu menino, adiando por mais um dia, mais uma hora, mais uma noite, a partida do noivo. "Capitão", gemia ele e, quase adormecendo, tremia.

E aí, pondo-se frio, ela agarrava-o ao colo e encaminhava-se para casa: os cabelos longos de Celestino dançando sobre as flores da saia da escrava, os seus braços outrora fortes, os seus joelhos como dois erros, sem dentes, sem força, sem dentro. Com medo dela, entregue aos seus braços, entre o sono e o delírio, derrotado. Não era hoje, ainda não. De volta, deitava-o na cama, tapava-o, voltava à cozinha. A morte, quando quer, tem toda a paciência do mundo.

A presença da velha escrava instalava em casa um perfume só habitado pelo som do vento. Às vezes, os anjos combinavam e, sentada na cadeira, à lareira, a negra catava os piolhos à menina holandesa, penteava-a, ajeitava-lhe a venda nos olhos. Como era bom para Celestino ter companhia. Também aparecia gente viva, de vez em quando: "não tem saudade de ver a praia?", "tem andado doente, capitão? Bons olhos o vejam".

Mas tornara-se o patriarca que nunca fora, amparo de uma netinha e de uma ama, anjos sem rancor que o guardavam enquanto caiava os muros, que se riam do seu mancar e lhe contavam graças, que enfeitavam o cabelo com as suas flores, que ceavam com Celestino e o aninhavam na cama, a velha negra por ele mandada ao Atlântico e a menina que o capitão deixara no mato de olhos vendados.

As nuvens punham-se tristes. Os trovões acabrunhavam-no e, ao de leve, como uma pena pousa no chão, ele acordava do sonho que se tinham tornado os seus dias.

Um vizinho aparecia. Alguém gritava do outro lado do muro. Morreu o Bentes, de tuberculose. Nasceu uma ninhada de gatinhos ao lado do forno. Já não era a sua sombra atrás da tela das sebes aquilo que lançava os transeuntes num teatro, mas os passos deles na rua, as crianças a fugir das mães, os botins no empedrado, as conversas entrecortadas pelo barulho do vento, eram, sim, a grafonola através da qual as palavras e os sussurros, ampliados pela distância e pela solidão, chegavam distorcidos.

Eram chamadas à realidade, mas o que é real para um moribundo? Sementes pelo chão, bagas, a hera que trepa a araucária, a flor amarela da couve-galega, uma ramada de folhas magentas a subir o muro de pedra, o pé de salsa que cresce nas frinchas de uma parede, as espigas aos pés de um cipreste e as cornucópias de serpentes que desenham, queimadas pelo Sol e pelos nossos passos.

Esquecera o mar como esquecia a sua família de anjos e passavam semanas, meses, em que não as via.

Um dia, sem aviso, voltavam. Sentado à sombra, observava a menina a saltar à corda no jardim e a negra ao lado, sentada na saia florida. O coração de Celestino enchia-se de sangue, erguia-se, dava dois passos no nevoeiro e, esquecendo a razão por que se levantara, sentava-se de novo.

O jardim perdia a forma e ele perdia a sua. Em breve, o homem deixaria de ser homem para ser terra e a terra, engolindo-o, o tornaria seu. Mas enquanto a morte não se decidia, disfarçada de mulher e de menina, o esfumar do homem esfumava o mundo à sua volta.

A velha negra nunca desatava a venda da menina holandesa porque o que se ata em vida na morte não se desata. Celestino, que se esquecera da cor e da vida dos olhos dela, não podia matar a curiosidade. Como seria simples, quando a tinha nos braços de noite, desatar-lhe com cuidado o nó da venda atrás dos cabelos e ver-lhe os olhos, ser visto pela criança. Mas não tinha como. Dormia nos seus braços, na cama como na selva, doente. E, por não lhe poder ver os olhos que ele mesmo tapara, via-a sem saber nada dela e sem poder curar-se.

Manteve-se sentado no quintal, ansioso, durante o trabalho de parto. A ninhada nasceu ao lado do forno do pão. Era uma gata tigrada, cheia de peladas e carraças, que costumava aparecer no quintal para pedinchar côdeas de broa.

O homem não se conteve, como se aguardasse o nascimento dos próprios filhos. E, entre miados lancinantes, deu com a gata a expulsar os gatinhos, lambidos e pequenos como ratos. Mal nasciam, já a mãe os conhecia com a língua, os lambia e os alimentava.

Dali em diante, durante semanas que pareceram ao velho anos, eles corriam atrás da mãe, cada vez mais magra e mais arisca. Trepavam os troncos das árvores. Passavam horas atrás da sombra das suas caudas. Farta da criação, a gata desceu a ladeira e Celestino nunca mais a viu. Ter-se-ia deitado ao ribeiro, com o fim de se matar? Sobraram os filhos, que o velho alimentava. Depois, passado pouco, também os gatinhos se fizeram gatos, também eles mordidos, sem orelhas, pejados de pulgas e de pústulas, o forno, a casa, o jardim ficaram e eles foram e o jardineiro nunca mais os viu.

Os braços quebradiços não eram os mesmos. A cara também não. Mesmo a aragem leve o sacudia de alto a baixo, soprando o seu vestido. Arrepiava-se espinha acima, na cruz que lhe ia dos ombros à sola dos pés. Mancava, arremessado com violência, curvando a cabeça ao nabal. A sombra do veludo estendia-se nas suas costas ao tombar do Sol atrás do monte, até que no violeta da terra cultivada o recorte do espantalho fosse uma mancha de tinta negra. O vento crescia para ele, enfunando o longo manto de veludo gasto. Uma garça atarantada pousava no seu chapéu de palha. O bailarino dobrava-se, tremulando as mãos. O manto abria, fechava, reabria ao ritmo da boca da ventania soprando no seu pescoço. O vento cantava tangente ao esqueleto do espantalho. Ele respondia, meneando a anca. Por segundos, o vento abrandava, fazia-se difícil. O espantalho quedava-se, em suspenso, no azul. Ao longe, era noite, no céu luziam as primeiras estrelas. O espantalho esquecia-se do seu par de dança. Até que, sem aviso, o vento regressava e lhe tomava a espinha que, dobrada numa vénia, pintava no crepúsculo uma onda de veludo, negra e anuente.

Então, dançavam, sem que o espantalho visse as pernas do seu par. Para trás e para diante, unos no balanço, ramos da mesma árvore. O vento soprava todos os poros do espantalho, que respondia agitando os joelhos numa aflição toda desejo. Tomava-o na valsa, quase o quebrava de tanto lhe arquear as costas.

O capitão era capaz de ouvi-los, vento e espantalho, no seu galanteio. Ficava a vê-los até a noite do veludo se tornar a noite do seu dia e os dois dançarinos, finalmente a sós, se acharem à vontade. Folgado destino, o do espantalho. Dançar com o vento a noite inteira, sem precisar de parar para jantar, sem nunca sentir cansaço, enquanto o velho jardineiro, alegria das crianças, precisava de sopas e descanso e, pior ainda, desejava-os.

A velha negra não aparecia há muito, mas a despensa ainda vivia durante a noite. Celestino despertou com o ruído de estalidos nas garrafas. Arrastou-se, seminu, entre as sombras. Ninguém o esperava, mas mal podia com o barulho vindo do interior das paredes.

O silêncio e o que se seguiu a ele: o abrir do porão, o monte de cadáveres sufocados — ainda agora gente e já alimento de larvas —, o jogar dos corpos ao mar, um a um, sem direito a enterro. O seu desaparecer sob a superfície, um a um, seguido das bolhas que a água faz quando digere um corpo. A velha negra a cair ao mar. O corpo dela: o ventre chicoteado, a boca aberta, olhos de gelo, pele manchada. O velho corsário agarrou na caixa da farinha e saiu ao quintal como um cantor regressa ao palco. As flores dormiam, bambinando ao vento. Celestino atirou a farinha às suas cabeças, uma a uma. Os grãos reflectiam o luar. Desnorteado, mãos tremendo, cheio de frio, o gesticular gracioso desenhou arcos de luz no breu. Não dava para perceber se dormia, ou se estava acordado.

Dançava a dança dos mortos, as pernas finas como varas, o andar arrastado, *ainda estou aqui*, gemia, e tocou os cravos com as pontas dos dedos como se fossem de vidro e tivesse medo de os partir, aspergindo a farinha sobre os alegretes, cara enfarinhada, palmas brancas, deixando um rasto nos ladrilhos, pegadas iluminadas pela Lua, dizendo à morte que o podia vir buscar.

A velha negra só aparecia diante dos olhos, menos do que um fio, só um corpo caindo às águas, sangrado, pisado, ou caminhando na relva, descalça, rondando-o, como numa antecâmara do calor da casa, do cheiro da própria vida. Mas, mesmo depois de ela ser apenas um consolo, uma mão sobre a testa, ela estava diante dele, deitado na cama, como alguém que não o tendo conhecido o conhecia desde sempre, mãe morte, aquela que tudo sabe do filho que nunca lhe contou nada. O consolo não chegava a ser uma lembrança, mas uma consciência acompanhada do que restava do seu corpo, casa entre tantas numa rua, numa vila algures, perto da praia, onde ninguém sabe se ainda mora alguém, mas que ainda vive e se lembra não sabe de quê.

Deixava de saber andar, de novo um menino a aprender a andar. Deixava de saber falar, de novo um menino a aprender a falar. Não era mais ele que tomava conta das flores, mas elas que tomavam conta dele. Tinha medo delas, medo de que o agarrassem pelas pernas e o estrangulassem, e também a velha negra nunca mais veio.

Quase fora deste mundo, o jardineiro deixara de ser o jardim, porque o jardim se tornara jardineiro do jardineiro. O espantalho que assustara a vizinha assustava Celestino. Quem seria aquele rei sem reino, sempre em pé no nabal, abanando-se, emproado, chocalhando colheres de sopa em xícaras de lata? Dias a fio, trancado em casa, temia os sons vindos do outro lado das sebes. Que lhe queriam? Quem eram? Que caminho era aquele, do outro lado, ali tão perto? Nem praia, nem porto, nem lugar, nem século algum.

Passou uma estação inteira sem um pensamento coerente lhe cruzar a cabeça. Cozia a sua sopa sempre na mesma panela escura. A memória ia e vinha, às vezes passava o dia em jejum. E foi enlouquecendo. Mondando, podando, chamava às flores "minhas filhas". Dava beijinhos às ervilhas-de-quebrar. Provava as bagas de azevinho. Chegava a julgar que já tinha morrido. Comovia-se ao observar o arranjo das pétalas picotadas — por um anjo? — dos cravos. Via olhos na corola dos malmequeres e carrancas sisudas ou brincalhonas nas nervuras da casca dos limões. Se Celestino tivesse tido tempo e paciência para um último desejo, teria tropeçado nos canteiros, caído sobre as flores e aí pereceria, engrinaldado. Vinda a chuva, a chuva o regaria. Chegado o vento, o vento sopraria sobre o seu cadáver. As mãos e as pernas ganhariam raiz até as suas plantas o cobrirem e dominarem o seu corpo, abraçando-o como a um pai. Ter-se-ia tornado domínio delas, num caixão a céu aberto. Mas não foi assim que aconteceu.

Nas vésperas da morte, Manuel veio buscá-lo para o levar a ver o mar. Foi a custo que o arrancou de casa, com a camisa fora das calças encardidas, as botas desabotoadas. Chegados à praia, descalçou-o. Os pés de Celestino estavam translúcidos, as unhas amarelas e gretadas, os joanetes encarniçados, capilares anis na pele como esboços de um calígrafo. O rapaz quis que o velho os molhasse na água, mas ele não tinha força para andar na areia. Deixou-o sozinho e foi molhar as mãos no mar gelado. Voltou arrepiado, limpou as mãos às bochechas do velho, que esboçou meio sorriso triste e lhe lambeu as palmas. "Ceamos a que horas?", perguntou Celestino. Manuel não respondeu.

O velho olhava o mar sem noção da caridade do rapaz, que só queria estar perto de um pirata a sério. Quando as ondas rebentavam, Celestino tremia o queixo e abanava a cabeça, marcando o compasso da maré. Tocava com as mãos na areia e via-a cair. Flectia e relaxava os dedos. Meia hora depois, não sabia onde estava. "Então, capitão, feliz de ver o mar?" O capitão franziu o sobrolho e espirrou. Manuel permaneceu calado. Ali ficaram os dois. De costas, pareciam um velho a contar uma história a um rapaz. A intenção era boa, mas não disseram mais nada um ao outro. A vitalidade de Manuel foi esmorecendo. Ao velho, sem dentes da frente, pendia-se-lhe o queixo. Diante de si, saída das águas, nítida como um reflexo no espelho, Celestino viu a sua cuidadora holandesa, menina dos seus oito anos, olhos rasgados, tranças ruivas, bracinhos sujos, caminhando para ele sem medo, de olhos vendados. O rapaz contemplava o futuro na fixidez do horizonte, pauta azul num caderno novo.

Chegaram a casa de noite. Manuel acendeu a lareira. Comeram dois nacos de pão. Deitou o velho na cama e saiu.

Anos depois de ter regressado, os que haviam sabido capitão Celestino de volta tinham morrido. As suas viagens vinham à conversa na lota. Lembravam-no como a um herói remoto e não como o velho que ainda vivia na casa da rua dos choupos. Os rumores sobre o seu passado feroz eram já cantigas de pescadores quando, numa noite de Inverno, acabou os seus dias, sem uma dúvida na consciência tranquila.

Trazido pelo médico, padre Alfredo veio benzer o corpo na manhã seguinte. O defunto estava lívido e sereno. A sua cor e as rugas confundiam-se com o lençol amarrotado. À saída de casa, a visão das plantas pareceu-lhe uma aleluia pela passagem da alma do capitão. As rosas, os cravos, os abetos, a ameixoeira ainda não sabiam que o seu amigo tinha morrido. Alfredo contemplou o raio de luz que, iluminando as folhas, reflectiu no orvalho sobre as flores, os frutos, os espinhos. "Meu pequeno pirata", gracejou entredentes. As palavras escondiam cobiça. Nas suas mãos pias, todas as plantas morriam.

Obra apoiada pela Direção-Geral do Livro,
dos Arquivos e das Bibliotecas/Portugal.

© Relógio D'Água Editores, 2019

Todos os direitos desta edição reservados à Todavia.

Respeitou-se aqui a grafia usada na edição original.

capa
Luciana Facchini
ilustração de capa
Willian Santiago
composição
Manu Vasconcelos
revisão
Ana Alvares
Erika Nogueira Vieira

9ª reimpressão, 2025

Dados Internacionais de Catalogação na Publicação (CIP)

Almeida, Djaimilia Pereira de (1982–)
A visão das plantas / Djaimilia Pereira de Almeida. —
1. ed. — São Paulo : Todavia, 2021.

ISBN 978-65-5692-104-4

1. Literatura portuguesa. 2. Romance. I. Título.

CDD 869.3

Índice para catálogo sistemático:
1. Literatura portuguesa : Romance 869.3

Bruna Heller — Bibliotecária — CRB 10/2348

todavia
Rua Luís Anhaia, 44
05433.020 São Paulo SP
T. 55 11. 3094 0500
www.todavialivros.com.br

fonte
Register*
papel
Pólen bold 90 g/m²
impressão
Geográfica